辜负你 岁月它不会

绿北 大牙秦 林梢 等 / 著

黑龙江美术出版社
Heilongjiang Fine Arts Publishing House
http://www.hljmscbs.com

目录 / Contents

岁 月 它 不 会 辜 负 你

吃饱了，万事都有希望   001
◎文 / 宋小君

初恋马尾辫   007
◎文 / 戴日强

最后的爱情陪跑员   021
◎文 / 米娅

谢谢你不爱我，才让我遇见更好的人   035
◎文 / Josie 乔

你好，我的情场终结者   049
◎文 / 米娅

不再让你孤单   067
◎文 / 苏小昨

目 录 / Contents

爱情老死了,你还没有来   079
◎文 / 大牙秦

从前从前,有个人爱我很久   091
◎文 / 不念长安

对不起,爱上你的时候我还不够好   103
◎文 / 大牙秦

嘿,此时的你,在想谁?   115
◎文 / 一半夏天

你敢不敢像我这样爱你?   131
◎文 / 七月小妞

你可以不喜欢我,但不代表我没有爱一个人的权利   147
◎文 / 七月小妞

你是我暗恋的最后一个   157
◎文 / 浅如墨

岁 月 它 不 会 辜 负 你

并不是每一个你等的告白，都会如期而来　　173
◎文 / 绿北

请在对的年纪和我相遇　　187
◎文 / 周papa

属于你的桃花期　　201
◎文 / 林梢

我就是我，是颜色不一样的烟火　　213
◎文 / 蜜糖

我们都曾是爱情的瞎子　　225
◎文 / 苏一听

我在这座城市里，想要一张温暖的床　　239
◎文 / 王小毛

友情大过天　　251
◎文 / 小怪兽

生命之中,总有一些人要笑着说"你好",哭着说"再见"。

这个世界上总会有一个人,让你心甘情愿背叛所有的信念和坚守。他的笑容是你的地狱,你愿为之付出一切。

年少的时候总是有些无知,总以为自己是风,能够保护自己心爱的人,但后来才发现自己只不过是地上的一根野草罢了,风一吹就趴下了。

故事的最终，爱情没有输给你，没有输给他，
却输给了一个又一个漫长的天黑；
输给了一个又一个想你的夜里，没有你陪。

爱情就是这样，它有时候会让人变得很勇敢，
有时候也会让勇敢泄气，变得比谁都胆小。
你想靠近他，又害怕太靠近他。

一个人的孤单,是有憧憬;两个人的孤单,是一种绝望。

一个人,到最后,总是有点寂寞的,就像是夜半的海棠花未眠,也会想要有一个人睁开眼睛看看她。

爱到窒息、奋不顾身多是在热血轻狂的年纪，我们都没有经过现实的打磨，身上竖满芒刺，偏偏又还没有能力轻言永远、承担后果。

我们都曾做过爱情里面的瞎子、聋子、傻子，
我们都曾在面对爱情时不知所措，
我们会求而不得，我们会得而失之，可那就是爱情啊。

世上真的有一个人,他爱的就是你本来的样子,
他不会要求你去迎合他的喜好,去变成另外所谓更好的模样。

爱情就是这样，动心的一瞬间，所有外在因素都会自动虚化，你的焦点只够定在那一个人身上，然后瞳孔按下快门，那个人就在你心中成像定格。

有一种友情比爱情更刻骨铭心,有一种朋友比情人更死心塌地。
恋爱可以谈无数次,可像亲人一样待你的朋友一辈子没几个。

有种爱情叫作"只要还活着,就不懂什么叫作死心"。

如果生命从头来过,我还是会爱眼前这个人,
爱得千回百转,矢志不渝。

历史往往不能重写,就像是旅行时我们很难相信坐在旁边的旅客是怎样的模样。青春的高铁一旦开动,我们就得一路前行。

吃饱了，万事都有希望

文/宋小君

要比惨，永远有人比你更惨。面对生活的无穷勇气，哪是来自励志鸡汤，其实就是来自一顿又一顿的饱饭。如果你正在经历一段生命中最糟糕的日子，别人安慰你的语言都显得苍白，谁的话也听不进去，那不如，现在就起身出去，吃一顿你最喜欢的食物，别在意吃相，管它干不干净，吃，放开吃，吃饱了，万事都有希望。

终于，我找到了能解决生活中一切问题的方法。

我有个朋友，叫小刀。当年很青涩，初到大城市，朋友不多，于是大多数休息日都宅在家里打游戏，打怪升级，实际上是在杀死孤独和寂寞。

有一天半夜，小刀实在饿得受不了，在房子里翻箱倒柜愣是没找到能入口的东西，顿时心生伤感："我这是在干吗？饿了连顿热饭都吃不上，这样的人生有什么意义？"

肚子在号叫，心里也是满腹委屈，最后，终于找到了半袋饺子粉。

小刀突发奇想，烧了一壶热水，对饺子粉说："饺子粉，现在你不是饺子粉了，你是奶粉，一会儿我给你倒热水，你不要怀疑，不要抗拒，你和热水一起组成一杯热牛奶，喂饱我，这就是你的宿命。"

于是，小刀冲了饺子粉，满足地喝了两大杯，打了个饱嗝，饥饿感顿时消散，游戏里队友在招唤，又冲进去披荆斩棘，砍杀一番，队友欢呼。

窗外，月色撩人，夜风鼓荡着窗帘，小刀嘴角微翘，环顾四周，心中踌躇满志。生活还是充满了小惊喜的，有时候解决伤感的方式，只需要两杯热水冲泡的饺子粉。

我大学毕业后失恋，初到上海，月薪三千五，刚开始入职，一身力气，却不知道往哪儿使。什么都不会，什么都不懂，只能打杂，从最基础的校对做起。那时候，公司一整年的纯净水都是我换的。

我觉得精力用不完，晚上回家就写作，跑步，看艺校门口停着的豪车，幻想着自己未来最好和最坏的样子。

午饭和领导吴叔一起吃，公司楼下有个来必堡，荤菜是素菜两倍的价钱，我只点素的。

吴叔问我："年轻人为什么不多吃肉？"

我看着躺在他盘子里的红烧肉，暗自压抑着要打昏他的冲动，说："我胆固醇高，减减肥。"

到了周五，同事们都有了约，各自散去。

我最后一个离开公司，过马路的时候车流汹涌，都不肯给一个年轻人让道，我想着自己惨烈结束的感情，看着根本看不见的前程，觉得悲从中来。

我决定今天不吃素了。

我找了一家东北菜馆，找了个靠窗的座位，一个人，点了两个肉菜，一盘肉馅饺子，两瓶啤酒，自己跟自己觥筹交错，对影成三人，被饺子烫得发出"哆来咪发唆"的音符，吃到嗨翻。

席间，我还鼓着勇气，跟一个路过的姑娘眉来眼去，虽然换来的是姑娘的白眼。

此时，手机短信提示，本月工资三千五、奖金两百到账，突然觉得这一切也没有想象的那么糟，就算没有太大的好事发生，但我们总得为生活中的小惊喜干杯啊。

失恋代表着所有好看的姑娘都有可能成为你下一个女朋友，起薪低意味着你发展空间大嘛。

我喝光了最后一口啤酒，豪气十足地喊了一嗓子："老板，再给我打包一份葱花羊肉水饺。"

据说，只要人类最原始的本能得到了满足，就会觉得一切都有希望。

这个最重要的本能当然就是吃。

吃不饱还谈什么诗和远方。

要说惨，春爷比我认识的所有朋友都惨。

春爷是被收养的孤儿，上面还有个姐姐，在农村老家不太受待见，从小见惯了冷眼。

长大之后，托了关系，在工厂做会计，大概是太想改变命运，一念之差，倒卖了厂里的一批钢缆。事发之后只能跑，一跑就是十年。

十年间，颠沛流离，开过理发店，卖过馒头，有钱的时候很享受，没钱的时候也能熬得住，人生信条就是一句话：冻死迎风站，饿死不低头。

春爷说："虽说君子不能吃嗟来之食，要有傲气，但一分钱难倒英雄汉，穷到没钱吃饭的滋味，可真是难受。每到下一顿饭没有着落的时候，我就想，人都说除死外无大事，我却觉得，除了吃，真没别的大事。老婆丢了可以再找，钱花没了可以再挣，吃饱大过天。"

春爷后来回到家乡，又开馒头店，挣了点钱，想买下一栋民宅。结果姐姐说："我有几间平房，你别买了，先住我的。"春爷很感动，就没买，借住在姐姐家里。

几年之后，生意赔了，又赶上拆迁。姐姐突然造访，说："你得搬走，这房子要拆迁了。"春爷愣了，问："那我现在住哪儿？"姐姐没答春爷的话，只是重复道："这房子要拆了，第一批拆迁的有奖励。"

春爷没多说，第二天就搬走了。

搬走当天晚上，搬家师傅开着车围着小城绕了三圈，问春爷："东西放哪儿？"春爷不知道该怎么回答。

最后，东西卸在一个烧烤摊旁边，春爷扯出一张单座沙发，在老板错愕的目光下，坐在桌子前喊："老板，十瓶啤酒，二十串羊肉串。"

烟熏火燎中，春爷吃吃喝喝，开始还觉得悲凉，反正有烟熏着，流眼泪也流得放肆。

吃到第三十串，看到老板穿着一条分不出颜色的背心，汗流浃背地翻烤着羊肉串,乐呵呵地和客人打招呼。

春爷牙齿间孜然留香,灌了一口啤酒,坐在沙发上,看着路过的行人,打量着自己堆成一堆的家当,感觉生活最差不过如此。这倒是自由了,还没死,就扛得住折腾。

春爷回了农村老家,借了钱,做饮料,又赔了几十万。

春爷不服输,每天早上睁开眼,吃一顿饱腹感强烈的早餐,便开始到处寻找合适的项目。

前几年,开始做汽车防冻液,慢慢有了规模。

今年,圈了地,又要搞养殖。

"养一群羊,至少以后吃羊肉串方便。"春爷坐在自己粗具规模的小工厂里,如是说。

听听别人的惨事,你会觉得,生活可真是个变态的编剧,什么事情都有可能发生。

要比惨,永远有人比你更惨。

面对生活的无穷勇气,哪是来自励志鸡汤,其实就是来自一顿又一顿的饱饭。

如果你正在经历一段生命中最糟糕的日子,别人安慰你的语言都显得苍白,谁的话也听不进去,那不如,现在就起身出去,吃一顿你最喜欢的食物,别在意吃相,管它干不干净,吃,放开吃,吃饱了,万事都有希望。

终于,我找到了能解决生活中一切问题的方法——吃得饱一点。

岁 月 它 不 会 辜 负 你

初恋马尾辫

文／戴日强

年少的时候总是有些无知,总以为自己是风,能够保护自己心爱的人,但后来才发现自己只不过是地上的一根野草罢了,风一吹就趴下了。

不过长大以后再回想起那些勇敢的往事,却从未后悔过。

因为那是年少轻狂,以后再也不会有。

过年回泉州参加了老同学的婚礼,初中同桌鸡腿告诉我小雅跟她的第二任男朋友分手了。

听完我一愣,偏偏此时小雅径直走进来,并且就坐在我对面。

大家寒暄几句后,我喝了一杯酒,开玩笑说:"雅,你也老大不小了,都快成家里的镇宅门神了,到底什么时候嫁出去呢?"

她笑了笑:"不知道……"

我心里一乐,正想说"实在嫁不出去就从了我吧,反正我也不挑"。

可没想到她继续说:"回去我跟男朋友商量下。"

听到这句话我忽然蒙了,随即说:"那恭喜啊。"

她回我一笑,这笑容清晰如初。

结束后,一伙人都去灌新郎新娘,我站在角落上边喝边看着。

忽然一个酒杯出现在我面前,我转头一看,竟是小雅。

我们干杯闲聊,微醉时她忽然问我:"你还记得毕业时我在你衬衣上写的那些字吗?"

我愣了下,点头说:"一辈子都记得。"

小雅笑了笑,问:"那这么多年来你难道不想问那些字是什么意思吗?"

我反问:"难道不是一句毕业祝福吗?"

小雅瞪大双眼,突然哭了出来。

良久,她跟我说了当年的情谊,听完后我一阵心酸,突然想哭又想笑。

可无论如何,小雅,你还不是要嫁给别人?

喜欢小雅要从初一开学说起。唉,初中的我就开始荷尔蒙爆棚、春心荡漾了。

当时《灌篮高手》热播,班主任一张香肠嘴又牛高马大,于是我送他雅号"大猩猩",没想到被报复,被排座到后排。

我默默地踢着课桌底梁抗议着,可却踢到前桌女同学的椅子。原本我还有点不好意思,哪知道她转过头朝我瞪了一眼说:"你有小儿多动症啊!"我也抬起杠来,她凶巴巴地威胁我要报告班主任。

听到报告班主任我就更恼火了,直接一个大脚往她椅子踢去。我完全没注意到她正把钢笔放入墨水瓶里吸水,这一威力巨大的"天残脚"直接把她手中的墨水瓶打翻,墨水溅在她那一袭白衬衣上。

接着是一阵尖叫,然后引来班主任,他二话不说直接抓起我桌上的英语课本,劈头盖脸地打来。

课本直接砸中我的鼻梁,我鼻子一酸眼泪就掉了下来,随后我便落下了一个"爱哭鬼"的外号,这对于风华正茂的我来说简直就是一记耻辱。

为了洗清这耻辱,我决定"报复"小雅,具体方式就是揪马尾。

为了揪得更顺利,我让同桌鸡腿通风报信,事成后加入逃窜行列掩护。不一会儿,鸡腿飞快地跑来报信,我像是小兵张嘎听到冲锋号令一样飞奔过去快速揪了下小雅的马尾辫。只听"哇"地一声,她转过头来,我早已开足一百马力跟着鸡腿窜入人群。

可我光顾着逃窜没看清楚前方,直接撞到了一个人,而且是一百马力的撞击,最关键的是,这人是"大猩猩"。

旁边小雅向班主任报告了我的罪行。

我一紧张,连忙语无伦次地告饶:"老……老……老爷,不对……大……大哥……不……大爷……"

班主任一巴掌拍来:"胡说八道。"

出师未捷身先死,长使英雄自挂东南枝啊!

经此一役,我算是跟小雅誓不两立了。身为七尺男儿,怎么能忍下这口气?于是我开始新一轮反击。

鉴于前几次都留下在场证据,而且关键时刻总杀出"大猩猩"这BOSS,这回我做好了充分的准备。

那天化学课做沸水实验,我提前偷偷在小雅桌子旁的水槽干净处放了一块钠。实验结束后她把水倒入水槽内,不出所料,钠块一遇水就快速燃烧起来,小雅当场被吓了一跳。

但我万万没想到火焰竟然会四窜,眼看火苗就要窜到小雅身上,我连忙冲过去挡在她面前,火苗直接打在我的白衬衣上,并快速燃烧起来。

我连忙脱掉衬衣扑灭火焰,随即盖上水槽隔离氧气,成功挽救过失。

唉,当年的我真是歪才啊,真后悔当初把这些才华都用了在恶搞上,如果上天再给我一次机会,我一定用在泡妞上。

就在此时,我忽然听到一声"谢谢",转头一看,竟然是小雅。

原本是报仇,结果却成了英雄救美,我突然不知道怎么回答。

不知道为什么,我忽然觉得她的声音是那么温柔,而我也第一次看清小雅的脸,还特别注意到了她左脸上有一个浅浅的酒窝,仿佛全天下的水都在里面荡漾。

接下来的日子,我们像是签订了边境和平协议似的,除了我偶然揪揪她的马尾,她拿英语课本扔我,然后破口大骂"爱哭鬼你再揪我头发我就跟你绝交";除了偶尔我用笔头扎她后背,她报告老师害我整节课都站在后黑板处之外,我们相处得还是挺友好的。

那是一个周五,放学后,小雅转过来问:"爱哭鬼,你明天有空吗?"

我纳闷道:"难道你想跟我约会?"

小雅说：" 你想得美！明天要画黑板报，我看你整天在英语课本上乱涂乱画，为了不让书本继续遭罪，同时也给你一次改过自新、跟着副班长一起建功立业的机会，想让你明天一起画黑板报。"

我说："天啊，还是天赐良机呢？"

小雅答："对啊。"

我说："好，那我没空。"

"啪！"又是课本扔来。

周末我还是来了，当然，肯定不是怕了小雅，我怎么可能怕这丫头片子呢。主要是小雅后来要死要活地求了我很久，眼泪都快淹了整个教室，我也是本着救苦救难大慈大悲的菩萨精神，于是就勉为其难地答应了。

小雅对我说："反正你属于后备军，等我们描好框、写好字，你就在旁边补充点画。"

我反问："画什么都行吗？"

小雅点头。于是我开始左右开弓，在文字剩下的空档处画了很多非常可爱的——屁屁。

小雅二话不说直接抓起桌上的书，我连忙撒腿就跑，小雅也追了出来。

刚跑到学校的小池塘旁，小雅实在追不上，就大喊："爱哭鬼，你要是再敢跑，明天上课就死定了。"

我回道："是谁死还不一定呢！"

说完我立马停了下来。

没想到小雅拿着凶器——英语课本砍向了我，说时迟那时快，在她挥起"屠龙刀"那一刹那，我率先发起攻击，伸手揪住了她的马尾辫。

随着她的一声尖叫，我躲过了这次袭击，但也恰恰是我这一拉，她整个人没站稳直接跌了下去，哪知道她正好拉住我的领口，我们两人一起掉入小池塘里。

其实小池塘的水根本不深,我很快站了起来,哪知道小雅是一个怕水的旱鸭子,一直呼喊着,我连忙伸手过去拉她起来。而小雅就像是抓到救命稻草一样,直接又把我狠拽了下去……

嘴中一阵软软的感觉,似乎还有点温度,一开始还以为是池塘水,可当我睁开眼睛时才发现竟然是小雅的嘴唇。

这下子完蛋了,平时揪她个马尾她都会砍了我,这次直接夺走她的初吻,她还不得把我变成李莲英的同类啊。不对,貌似也是我的初吻,我还亏了。

不过这个时候我没法想那么多,把她抱上岸便撒腿就跑。

"站住!"小雅大喊。

我心想惨了,以后我的姓氏要改成"东方"了。

她说:"转过来。"

我战战兢兢转身。

她继续说:"过来。"

我吓了一跳:"那个……我刚才什么都没干,你别杀我。"

她说:"什么都没干?你小子睁眼说瞎话啊。"

我说:"啊……我只是一不小心夺了你的初吻,但我不是有意的,我的也是初吻,我们扯平了,要是你觉得亏我让你亲下好了。"

小雅愤愤地大喊:"爱哭鬼,你给我滚过来。"

我心想真的死定了,慢慢吞吞地倒在地上滚了过去,在她面前站了起来。

小雅无奈地伸出手,我吓得做好了十八个防守姿势。

她笑了笑说:"我脚疼,背我去宿舍换衣服。"

我也会心一笑,忽然觉得小雅的眼睛很美,仿佛七月青海湖上空漂浮不定的白云。

那天后我多多少少也想过第一个女朋友就是小雅,但是很快就打消了这个念头,因为我自己都知道这不可能。

周一上课,我们有史以来第一次那么和平。

正当我纳闷时,同桌鸡腿说请我喝可乐,随后磨磨叽叽地说:"我很喜欢小雅,你跟她那么熟能不能帮帮忙?"

实话说,我听到鸡腿这话的时候内心确实轻微震了下,但是我很快恢复平静,并在心中告诉自己:你又不喜欢小雅,激动什么。

我说:"那是你自己的事。"

鸡腿急了,说:"喂,你还是不是兄弟?当初你被她欺负报仇的时候还不是我把风。"

我无奈地说:"好了好了,我最多就是帮你传个东西,成不成那是你的事。"

当年大家都比较腼腆,递情书就跟偷渡一样,于是我选择在小雅回家必经的小巷帮鸡腿送情书。

可当小雅出现在小巷里时,我却犹豫不敢上前,万万没想到鸡腿一脚把我踢了出去。我拿着情书跌跌撞撞地出现在小雅面前,而她也停下脚步,低着头没敢看我。我也激动了,快速把情书塞进她手里,然后赶紧跑去骑车。鸡腿这货,居然自己先跑了……

接下来的日子里,小雅基本上没有转过头来,甚至我不小心踢到她的椅子,她也没吱声。

我很疑惑,几次想找她问问,但是一看到她的冷漠我马上又闭嘴了。

直到期末前最后一次画黑板报,好不容易等到我跟她独处的机会,我连忙走到她面前轻声问:"最近你到底怎么了,怎么不搭理我?"

小雅沉默了一会儿说:"我觉得我们现在年纪都还小,是不是应该把读书放在第一位呢?"

我一阵莫名其妙，然后说："本来就是第一位啊，这有什么好想不明白的？"

小雅说："那你就不应该送情书……"

她不会认为情书是我写给她的吧？我赶紧解释："你是不是搞错了？那情书是我帮人递的……"

听到这儿，小雅的眼神更加奇怪了，我连忙补充说："你该不会以为那情书是我给你写的吧？你想多了吧，像你这样五大三粗的女汉子就算充话费白送我都不要，怎么可能写情书给你呢！"

说完我还干笑了几声。其实我真的只是想开开玩笑来缓解尴尬。但是完全没想到小雅忽然一脸愤怒的表情："你这混蛋，你这爱哭鬼，我跟你绝交！"

小雅骂完还把黑板擦直接甩到我身上，然后生气地转身离开。

原谅我当时并没有想清楚一切，还单纯地以为她是恼羞成怒。很多年以后当我明白了她为什么离开，夜已深了，灯也凉了。

当时由于没有手机，打家里座机又担心她家人会听见，整个暑假我们都无法联系。再加上初三调座位，看来她说的绝交是玩真的了。

偏偏又从鸡腿那儿得到一个爆炸性的消息：隔壁班的大福经常"护送"她放学回家。

大福是有名的混混，明显是垂涎她的美色，想在放学途中图谋不轨。本着伸张正义的原则，我决定再次堵截小雅问个清楚。

犯罪地点依然是那个她必经的小巷子。黄昏，我靠着墙壁的角落留下一抹淡淡的身影，如果当时有美图秀秀，我一定能自拍出周星驰的风范。

我愤愤地拦住小雅质问着："你为什么不搭理我？"

小雅说："不是跟你说绝交了吗？"

我突然不知道怎么回答，随口说："我又没有揪你马尾，凭什么跟我绝交?"

小雅被我的逻辑绕进去了。此时一旁的大福走了过来,说了一句:"小雅不想跟你聊天,识相的话给我滚蛋。"

换作平时我肯定不敢跟这些混混抬杠,但是当时不知道为什么,憋着一股气的我,就算是天王老子过来也得闹闹天宫。于是我大骂:"我跟她的事轮不到你管。"

大福也大骂:"要不是小雅在这儿,我早揍死你了。"

听到大福的话我当然也不服气,说:"有本事你揍我啊。"

我刚说完,大福真的一拳打过来,正中我鼻梁,鼻血马上流出来。我不管三七二十一,一脚直接踹到大福肚子上,然后两个人厮打在一起。

小雅好不容易把我们拉开,然后对我大喊:"你快走。"

我说:"我不走。这个混蛋是流氓,他会害了你。"

大福也怒了:"我叫人天天揍你信不?'"

我大喊:"有本事你叫啊。"

小雅听到这儿,连忙大喊:"你走,你别管。"

我说:"凭什么不让我管。"

小雅喊道:"你以为你是我的谁啊?"

听到她这样一问,我忽然不知道怎么回答,是不是应该回答一句"我是你男朋友"呢?

我还是说不出口,只能转移话题说:"他就是一个流氓,他……"

小雅打岔说:"他是我男朋友。"

听到这里我直接蒙了,忽然觉得自己很可笑。

我还没彻底清醒过来时,只听小雅又喊着"你走"。

年少的时候总是有些无知,总以为自己是风,能够保护自己心爱的人,但后来才发现自己只不过是地上的一根野草罢了,风一吹就趴下了。不过长大以后再回想起那些勇敢的往事,却从未后悔过,因为那时年少轻狂,以后再也不会有。

后来我们再也没有交流过,一直到了毕业典礼那天,我才听鸡腿说小雅报考的是泉州七中,离洪濑镇特别远。

小雅作为优秀毕业生上台演讲,虽然隔得远远的,但我依然能看清她左脸上的酒窝,尝一口便不知人间美味。

一旁的鸡腿对我说:"唉,那么好的姑娘,愣是没有追到手,真的太可惜了。"

我说:"人家早有男朋友了,轮不到你。"

鸡腿诧异。

我说:"大福啊!"

鸡腿骂了一句:"怎么可能?大福就是一个大傻瓜,怎么配得上小雅!"

我傻眼。

鸡腿又问:"你从哪儿听说大福是小雅的男朋友的?"

我突然不知道怎么回答,鸡腿继续说:"你是不是看到大福天天尾随小雅就瞎猜?我告诉你,根本没有这回事,为了这事我还问了大福的妹妹,小雅压根就没有答应。"

我问:"那为什么小雅天天放学都让他陪着呢?"

鸡腿说:"我也不太清楚,听大福的妹妹说好像是怕大福去打谁呢,然后就答应了。"

打谁?难道小雅是害怕大福真的带人打我所以才……难道那天小雅是为了保护我,让我早点走,所以才说大福是她男朋友?

想到这儿,我忽然觉得自己真是一个浑蛋。

此时,小雅刚好演讲完,下讲台的时候马尾上扬了一下,像是最初见到她的那一刻。那个坐在我前面的马尾女孩,有些调皮,有些可爱。

典礼结束时响起小虎队的《星光依旧灿烂》,大家都在哭泣、拥抱、交换礼物,所有人疯了似的在对方的校服上签字画画。

鸡腿从我手中夺走笔后跑到小雅跟前,在她校服上签了很丑的名字,还画了一个大大的心。我想,这算是鸡腿最后的表白吧。他至少还有勇气,而我呢?只能在一边安静地看着,静静地,像个傻子。

快散场时,我曾想走过去跟小雅告别一下,但还是没有鼓起勇气。当我正要转身离开时,忽然看到她出现在我的面前。

她问:"难道不在我校服上签个名吗?"

我点头接过她手中的笔。

她说:"后背没位置了,写前面吧。"

我靠近她,两人突然离得那么近,视线中出现的是她刚刚发育的胸部,我连忙低下头。

"看什么呢?赶紧签啊。"小雅打断了我的胡思乱想,我回过神来,随即在她衣角上签下了名字。

我问:"可以画点什么吗?"

小雅点头。

我又问:"什么都可以吗?"

小雅笑了:"当然。"

于是我在上面画了一个很可爱的——屁屁。

小雅看完笑了一笑,彼时画黑板报的记忆历历在目。

随后我把笔递给小雅说:"换你签了。"

她说:"转过去。"

我说:"签前面就行了啊。"

小雅推了推我:"让你转身就转身,废话那么多。"

小雅在我背后签下了一行字。我心想:那么多字,写什么呢?

写完我正要脱下来看时,小雅忙制止说:"回家再看。"

我点头。

小雅问:"你暑假有什么计划吗?"

我说:"在家里看看书,写写东西,搞不好以后能成为作家,然后把你写进我的故事里,各种欺负得你哭不出来。"

小雅笑了笑说:"好啊,我等着。"

我问:"你呢?"

小雅说:"爸妈要带我去国外旅游。"

也就是整个暑假都见不到面了?然后开学她又要去七中。想到这,我突然不知道说什么好。

小雅继续说:"我得回家了,你多保重,再会。"

我说:"再会。"

小雅转身正要离去,我忙喊住她:"等等。"

她转过来,看着我,一副期待的样子。

我说:"有个请求,不知道可不可以答应我?"

她疑惑地看着我。

我笑了笑说:"不是亲你,你放心。"

小雅笑了笑,随即张开双手要跟我拥抱。

我说:"也不是拥抱。"

小雅更加疑惑了。

我说:"你转过去。"

小雅纳闷地转过身。

我伸手过去抓了下她的马尾。

小雅转身破口大骂:"爱哭鬼,你再揪我的马尾辫我就跟你绝交。"

我开心地笑了。

婚礼结束后,我回家翻箱倒柜找到那件校服。

看到上面满是彩笔褪色被水浸泡过的污迹,我无奈地笑了笑。

记得毕业典礼结束后,我骑着自行车回家,突然被一根棍子绊倒,整个人摔入水坑里,随后就是大福领着一伙人暴打我。

等我回家脱掉衬衣想看小雅在我后面留下的字时已经是一片模糊。后来小雅出国旅行,又去了泉七读书,我们失去了联系。

再次见面已经是高中毕业即将步入大学时的一次同学聚会上,她已剪掉马尾辫,换了一头干练的短发,听说她交了男友,我就没敢过去跟她交流。随后我们各奔东西,听说她又换了一个男友……

对于男人来说,无论沧海桑田,最忘不了的依然是初恋,特别是在进入而立之年过着苦逼忙碌的单身漂泊生活的时候。

我想了想,随后给小雅发了条微信,我知道她有一个即将结婚的男友,没想横刀夺爱,只是很想知道在那些懵懂的岁月里,她在我背后留下了什么样的文字。

随后收到小雅的回复,她说:"昨天喝多了,说了什么话都别太记在心上,抱歉。"

看到她的回复,我笑了笑。

很多时候我在想,如果我没帮鸡腿递情书,如果我没跟大福打架,如果我当时赶紧看了衬衣后面的字,那么这个故事该有怎样的结局?

但是历史往往不能重写,就像是旅行时我们很难相信坐在旁边的旅客是怎样的模样。青春的高铁一旦开动,我们就得一路前行。

每个人都有过初恋,那人是否也是扎着马尾辫的样子?初恋到底是在你的花房还是别人的婚床?

无论如何,若是能跟初恋携手到老,那将是做梦都会笑醒的美事。若中途离散,我们也不曾遗憾,因为在人生这条长跑路上,是她领着我们启航,教会我们如何去爱,等我们慢慢长大、逐渐变老后方觉得这份成长最真切、最真心。

所以,初恋,你好!谢谢!再见!

岁 月 它 不 会 辜 负 你

最后的爱情陪跑员

文／米娅

真正完美的爱情是不需要人教的。自己经历，才知道他是什么样子。经过不同的人，才能知道自己是什么样子。唯有岁月不可留，好在它也不会轻易将你辜负。

01

"我和王二恋爱了。"我将这条配了搔首弄姿照的消息发送到朋友圈，顷刻便引起了巨大轰动。同事好友争相发来贺电，其中不乏我的前任张三和李某。张三说："你终于把自己卖出去了！看来经济形势渐好！"李某更语重心长一些，他说："柴米油盐的好好过，希望这次你能长长久久。"

他们竟如此心平气和地送上祝福？竟没有流露出丝毫醋意、丝毫忧愁？为此，我非但高兴不起来，反倒深感耻辱。他们就算不吼出"哪个混蛋？我要和他决一死战"这样的豪言壮语，类似于"感时花溅泪"的离愁别绪也该有点儿吧？就算秉持仅剩的一丁点儿不甘心，保持沉默也好啊！

可残忍的是，他们没有。

后来，张三甚至补上了一句："办事儿的时候吭声，别客气，我会拖家带口将红包双手奉上的！"

想当年张三追我的时候，他可不这么说！他说："我是你的，你是我的，世界是咱俩的！"可惜等到恋情寿终正寝，这话变成了——你是你，我是我，世界是大家的。

张三是我的初恋，跟他好上的时候，我们都刚大学毕业，很是懵懂。我俩在实习公司认识，同组。公司虐待实习生，女人当男人用，男人当牲口用，我俩常常一起加班卖命当牲口，卖着卖着，就卖到一起去了。

张三喜欢吃橙子，每天顺手给我带上两三个。我不爱吃，就随手丢给邻座的姑娘小金。不料小金吃了三个月，跟张三好上了。

我挂着一张窦娥脸找张三讨说法，张三反咬一口："你把我的付出视为粪土，这是精神污辱！橙子怎么了？人家小金不仅接受，而且还感动；不仅感动，还反过来要拿以身相许作条件感谢我。你觉得，我不跟她好跟谁好？"他说得义正词严、声情并茂，可无论如何都挡不住心虚，他维持着十多分钟的"两股战战"，一直到把话说完。

"可我是真的不爱吃橙子啊！"我默默念着这句话，直到他彻底淡出我的生活。

通常情况下，率先劈腿的一方都有一套完整的说辞，看上去委曲求全、严丝合缝，听听也就罢了，可千万别怪自己不够好。这是我十五岁那年听说的道理，不料二十五岁这年终究还是用到了自己身上。

02

跟张三分手之后，我伤痛惨重，干脆辞职不干。躲在家，重拾高中时的旧梦——写故事，写戏剧，写自娱自乐没人愿意看的小黄书。投稿投得满天飞，却通通石沉大海。

而我和李某，就是在那时候搭上的。

有一天，在我常常发表的剧本网站上有人留言给我，他说："我看你写的人物特质和故事构架很特别，李瓶儿能攀上张三丰挺新奇的，能出来聊聊吗？我也爱好文学。"

我开门见山地问他："你有钱吗？"

他说："不算少。"

我又问："你有房吗？"

他说："贷款的算吗？单层一百五。"

我再问："你有老婆吗？"

他说:"差点儿有,结果没了。"

我二话没说:"走着,猫鱼咖啡门口,六点半。不见不散。"

临下线,为了掩饰自己的"超现实主义",我假惺惺地追问一句:"你文化程度高吗?"

"我们从来都只谈情怀不谈文化。"

我的小心肝儿一阵战栗,就他了!

见了面我才了解,原来李某是个出版人,自己经营着一家公司,文化生意做得风生水起。此人头面精致,衣饰讲究,待人接物也彬彬有礼,但说话斟酌迟缓,给人感觉多少有点矜持和阴沉。

一顿饭的工夫,我们谈古论今,从莫泊桑聊到西门庆,他说李瓶儿能和张三丰在一起也算是各取所需,我俩也就浑浑噩噩地走到了一起。

共同生活到第三个月,李某的情绪化人格逐渐浮出水面。他虽说头脑灵活、才华横溢,但又习惯性地蔑视一切,同时又有些精神分裂。他抽烟喝酒精力充沛,时而萎靡到死,时而能兴奋至癫狂状态。他像儿童那样自大、天真、好奇、自私,又出人意料地粗鄙、直接、蛮横、刻薄而口不择言;他有些背信弃义,又有些不择手段;他是思想上的国王,行动上的小人。但奇怪的是,他似乎正是因此而有所成就。

没多久,我俩分手了。原因是我幼稚,他脱俗,我们谈天谈地谈两性谈宇宙,可就是都不适合谈生活。

李某帮我把行李拖上车,虚情假意地说:"祝你有情人终成眷属,没事儿了常回来住住。"

我扭头回敬:"住什么呀住!"除此之外,我还说了挺多难听的话,而且每句都是以"臭混蛋"开头。

03

然而我眼泪都还没擦干,就被王二给撞见了。他醉意蒙眬的眼神告诉我,姑娘,你看咱俩是一路货——虚伪、做作又不食人间烟火!

想来也是,写作这些年,挫折没把我磨砺成大作家,反而磨成了一只矫情精。放在生活中是短痛长磨、无病呻吟;放在爱情里就是身为人畜无害的小纯洁,却刻意将自己伪装成情场老手。

还好王二和我像,长了一副鼻孔朝天、目空一切的丑陋面孔,可怕的是,我俩还总是以互相摧残、互相漠视为美德。

我们谁都没期望过要与彼此一生守候,二十岁之后所有的恋爱,我都只当作欢场一笑。看似了无牵挂,其实是不敢抱有奢望。

我和王二都算顺遂,没经历过什么大风大浪,最惨痛的遭遇不过是失恋,可我们都喜欢装出历经沧海桑田的样子。比如我,说话习惯以"作为过来人"这样的句子开头,再以"见惯了大风大浪"结尾。

不仅如此,我俩还爱攀比,比谁的手段高,比谁在爱情中有城府、居心叵测,就连倒霉事儿都要一决胜负。

记得第一次与王二秉烛谈心,是在刚刚认识的时候。彼时,距离他失恋已经一年之久,经过漫长的空窗期,我俩凭借一个你情我愿的眼神瞬间交上了火。

那天晚上,我跟他回家。王二一边吐烟圈儿一边问我:"你知道失恋是什么滋味吗?"

我说:"废话,当然知道了!人家也是旧伤累累的人!"

他轻笑一声:"我以为你这种脸大胸小的人只知道吃饱了不饿。"

"老娘还没开始发育就已经学会拉帮结派勾搭男人了,对我们物理老师的暗恋史长达六年之久,你这是看不起人啊?"

"那你有过分手之后孤立无援的体验吗?"

"有啊！张三，那个让我一夜之间过上三八妇女节的浑蛋。你呢，有吗？"

王二没直接回答，重重叹了一口气，样子特别痛心疾首——"她若是不动声色地潜伏在我记忆深处该有多好？可她偏偏要做我身上的一颗痤疮，偶尔隐痛、偶尔爆破，动情一抠，埋下种子，来年继续隐痛、爆破。"

后来，我俩各自握着一只高脚杯玩来玩去，谁都没有继续说话。

然而此场旧情对决，我显然是甘拜下风。

王二身边围绕着一群与他风格一致的狐朋狗友，一个个人模人样，凑近了闻，都满股子纨绔子弟的恶臭。他们不但纨绔还特别能作，出去旅行盖着破毛毯睡夜车，开着几辆宝马X6凑在路边一面摆摊儿一面撸串儿，说是为了体验生活。

大节小假派对不断，最初几次我还打扮得隆重端庄，以"名媛"特有的姿势挽住王二手臂与他一同赴宴，后来我就不去了。因为我发现那帮浑蛋最大的乐趣竟然是调侃我。

他们笑我长得像一饼不说，还说我的红唇涂得像猴子屁股。更有甚者说，我这种脸型的人，发起怒来都没什么架势可言的！忍了一会儿，我真的怒了，端起一盘羊腰子盖到了笑得最凶的哥们儿的脑袋上，一瞬间，油花飞溅，好生欢乐。

从那以后，我再没在聚会场合出现过。当然，也再也没有人敢邀请我。

04

宋美龄说她喜欢法国梧桐，蒋介石就在整个南京种满了梧桐树。我说我喜欢海，王二就给我一直浪，一直浪……好在我想得开，好像也没那么在乎。

刚认识那会儿，我也了解过王二的过往。他家是搞消防的，估计是倒腾灭火器。至于他有几套房，我没问过。家底儿到底多厚、综合实力多强，我根本不关心。那些对我而言根本就不重要，我又不是要和他地老天荒、永结同心！

被张三背叛后，我就再也不相信"有情人地久天长"这句话了，王二要是能毫无怨言地养上我一阵子，我也就知足了！要说结婚，那就是一辈子形影不离地厮混！我又怎么可能和他这种狐朋狗友满天飞的人厮混在一起？

在我的爱情观里，婚姻必须以相互崇拜为主旨，以自由平等为基准。如果我是潘金莲，我一定会在武大郎那儿卧薪尝胆，在西门庆那儿修炼成精，最后跟武松安度余生。

可就我和王二而言：谈平等，他先天优渥自带光环，连朋友圈都金光灿灿，我追不上；谈崇拜，我们是以相互践踏、蔑视为乐，完全背离。

其实也只有我自己知道，这些挑剔与不适，通通都是我给自己量身推送的预防针，我知道我们迟早有一天会分开，而且是他先抛弃我！因为在王二的世界里，大胸长腿蛇精脸的妖孽太多，而像我这样靠点儿小才得以小骚小浪的配角终究难以彻底将他制服。

可这些话，我从来没有在他面前讲过。对于一段结局明了且悲观的感情，心照不宣往往是维持现状的至尊法宝。

05

我俩都是激情派。好的时候，能二十四小时腻歪在沙发里不吃不喝，你亲我一下，我舔你一口，以此维持长达一天的欢乐。王二偶尔给我唱情歌，唱到第二段，将我俩的名字编到歌词中。不好的时候很恐怖，吵架、摔碗砸锅，我的习惯性动作是拿包穿衣欲摔门而去，他负责将我拖回来，一把摔到床垫上。然后换他摔门而去,开始长达半个月的冷战。

王二从来都不打我,可总能轻而易举将我骂哭。我哭,一定不是因为委屈伤心,只是以此发泄未燃尽的怒火罢了。

有天闲来无事,我俩钻在被子里听相声。我突然按下了暂停键,问王二最喜欢哪首歌。王二想都没想,说:《最炫民族风》。

我以为他开玩笑,接着调侃道:《最炫民族风》?看你长得白白净净,一表人才,审美竟然如此庸俗!"

他皱了皱眉:"你懂什么!只有我最爱的女人才有资格和我对唱这首歌!"

王二从前爱过一个女孩儿,是能为之抛头颅洒热血、很爱很爱的那种。这事儿是我们刚认识的时候聊起来的。也是通过这事儿,我确定自己并不是他的最终选择。因为如果你真的很想全心拥有一个人,你是不会毫无掩饰地将那些情深不寿的过往告诉对方的。

王二说他俩是大学同学,他对她一见钟情,马不停蹄地追了两年。他们将青春里最美好的那段时光拱手献给了暧昧,讲过海誓山盟,也曾扎在广场的人群中一起新年倒数。最后一个寒假的情人节,她进了几百枝玫瑰花在街头摆摊儿贩卖,后来还是王二打电话呼朋唤友,将那些玫瑰一抢而空。

暧昧来暧昧去,眼看大四毕业,不料姑娘转身去迪拜投奔大姨妈了。王二为此低迷了好长时间,他甚至将家里全部时钟调成了迪拜时间。

拖拖拉拉一年半,这事儿也就无疾而终了。

06

为了使自己看上去没那么被动,稍有动荡,我就对王二摆出一副爱搭不理的样子。要说我俩最有默契的时候，应该是在吵架过后，我选择冷酷到底，他则很是配合地陪我冷酷。于是，接下来的那些天，我忍着憋着，心内一片凄风苦雨，他却不以为然，和狐朋狗友们继续吃着喝着游着浪着。

不知为何，我们好像从来没问过对方爱与不爱，也从未因此事纠结过。可能是觉得对方不配，或者是觉得自己不配，又或者是因为"爱"对我们来说是一个太过遥远又虚无的词。

一次冷战后不久，朋友们相邀去唱 K，主要是为了庆祝狐朋 2 号和狗友 B 先生的结婚周年。如此隆重的场合，我当然得全副武装欣然前往了！

一上来，大家让我和王二合唱一首。王二二话不说，点了《广岛之恋》。他跟大家解释说，这首歌最贴合我俩的境遇了！

可我怎么听都觉得这歌是在讲一夜情。

后来进来了一个女孩儿，穿连衣裙，短发齐肩，身材颀长，样貌姣好。可不知为什么，她推门的瞬间，大家都安静了下来，大眼儿瞪小眼儿地两两相望。

看来他们之间很熟，那女孩儿先是站在门口跟大家打了一圈儿招呼，紧接着径直走到王二面前，站定——"我回来了。"

"你回来了……好久不见。"王二说这话的时候，没有抬头。可很显然，他面露讶然，言语迟疑。眼看着他就要热泪了，我赶紧坐过去，用大半个胸脯围住他的胳膊。

"这是你女朋友？"姑娘问。

王二挪了挪身子，他没否认却也没点头。

我跟冰雕似的坐在那儿不敢轻举妄动。也不知道过了多久，有人围上来打圆场，其他人见风使舵，争相起哄说什么老友相逢歌一首。王二没推脱，沉默了一阵，上前点了《最炫民族风》。虽然跑调严重，却也不影响他帅得惊心动魄。

瞬间，我心凉透了。其实我一开始就猜到了那姑娘是谁，从她看他的第一个眼神开始。直到他将话筒递到她手上，一个声音在我的耳边萦绕——"只有我最爱的女人才有资格和我对唱这首歌……"

从店里出来，王二说要先送连衣裙小姐回家，让我坐 B 先生的车，或者在门口等他拐回来接我。

我和长裙小姐异口同声——"不用了。"说着，她扭头上了不远处的一辆 SUV，我转身就往地铁站的方向走，可令人气愤的是：王二竟没有追过来将我拉住。

我推开家门的时候，王二已经在客厅沙发坐了好一会儿了。我憋了半天挤出一句："我们分手吧。"

王二说："这么点屁事儿用得着小题大做吗？"

我说："对你事小，对我事大，梗在这儿难受。"

王二说："你听我解释不？"

我说："跟这无关。觉得你那群朋友挺无聊的，我不想一辈子活在这种氛围中。"

这话刚出口，我就后悔了。"一辈子？"简直就是此地无银三百两，在人家心里，这恐怕仅仅是一桩情场交易！我管你生活，你卖笑给我，这就 Perfect 了。可也是那一刻我才恍然大悟，原来我是想要和王二过一辈子的，我好像真的爱上他了。

想到这儿，我更难受了，用力踢掉鞋子冲进了卧室。

那一觉睡得很累，王二在我梦里一直跑，我跟在后面一边飙泪一边追。

第二天，我一气之下从他家搬了出去，都走出数里远了，一抬头，才发现自己在这座不算熟悉的城市里举目无亲。我打开通讯录挨个儿翻，掰着指头数有能力收留我的人。算到最后，我还是按下了李某的号码。

李某接起电话，像是早有准备，先是人模狗样说了声"嗨"，跟着来了句——"我早说过，咱们这样的人，柴米油盐是捆不住的，你俩谁踢的谁?"

我一听,气不打一处来:"你除了风凉话就不会说点别的吗?"

"还要怎么好好说,小姐,你都要睡大街了还这么理直气壮?"

"这叫气节!懂吗?"

"先得活得滋润才有资格谈气节,搬来和我一起住?"

"好马不吃回头草!"

"原来你是马啊!我以为你是狼呢!"

……

在我的欲拒还迎、挑三拣四之下,李某从工作室给我腾出一间房,丁点儿大,暂时救急,确保我在找到下一个男人之前不至于流落街头。以如此手法处理与前任间的关系,我打心眼儿里怀疑自己到底爱没爱过他。

我找李某诉苦,秉持一副凄风苦雨的面孔。李某问我:"你说你好好一姑娘,长相端正、教养良好,干吗把自己伪装得那么混账那么恶俗呢?"

我说:"用物质掩饰真心啊,害怕受伤!还不是因为像你这样的男人太多!"

李某说:"关我什么事儿啊!不过你是该计划一下以后。"

我说:"春宵一刻值千金,多打一炮是一炮。你将生活计划到六十岁,可不到三十岁就挂了,呕心沥血有何用?"

"你这人生观有点儿低迷啊!"

"你懂个屁,这叫现实!和你这种靠精神救济活着的人讲不通。"

不想李某一声冷笑:"闹得差不多就够了,该回去还得回去的。"

我说:"我提的分手,现在又往人家身上贴,多没尊严啊!"

"傍大款是不需要尊严的!"

"可是爱情需要啊!"

李某一惊:"你爱上他了?"

我没吭声,眼泪掉了几颗。

"那更应该回去了,讲清楚才是万全之策。"

"回什么啊!在他眼里,我就是品相一般的爱情陪跑员,现在主力选手回归了,我只能被迫退赛。"这其中发生的一切,通通令我始料未及。王二送了我一根软肋,却吝啬于赠我一副盔甲。

那段时间,王二打了很多通电话,可我从来不接。其实是害怕,我怕他说出那句实至名归的"分手",我怕自己一时冲动找根白绫吊死,我知道自己根本无法理性面对。

李某调侃我:"哟,你不说自己是马吗?怎么又变成鸵鸟了?"

李某在公司给我找了份做校对的兼职,我白天工作,闲来搞搞创作。大半夜坐在楼下酒吧和他聊梦想,聊人生,看他泡尽各色小姐。

有那么几个瞬间,我觉得李某似乎没那么恶毒,与这座城市所有的红男绿女一样,那绘尽声色犬马的面具之下,刻着活生生的孤独。

07

就这样走走游游,好不容易挨到了情人节。狐朋2号叫我去唱K。我一口拒绝,说自己见不得人秀恩爱,以后都只过清明节和光棍节。可话没出口,便被B先生夫妻俩从对街酒吧硬生生拽了出来。

等被拖进了包厢,我环视三圈才发现王二也在场。眩晕之余,尴尬深不可测。常唱的那几首歌,B先生已经帮我点好了。我拿起话筒,吼得撕心裂肺,而王二似刀裁的轮廓在黑暗中闪烁。我回头看了一眼,眼泪差点儿跟着飙出来。

等到我们差不多都尽兴了,大家起哄让坐在角落里的王二唱首《死了都要爱》或者《广岛之恋》。王二沉默了一下,长舒一口气,干脆将二郎腿放下,移驾点唱机旁边。

没一会儿,他走过来,拿起话筒,又很是不耐烦地将另一只递给我。紧跟着,前奏响起来——《最炫民族风》。

我一下子就反应过来了,与此同时竟然有流泪的冲动!

王二将话筒举至唇边,就着音乐凝视我的眼睛:"我跟你说过吧,只有我爱的女人才配和我唱这首歌。"

"那……那个短发姑娘呢?"

"哪个短发姑娘?"

看他摆出一副虚与委蛇、拒事实于千里之外的阵仗我立马气血上涌,抓起手包要走,却被凌空抱住。王二钳住我的肩,使出一个"我吃定你了"的眼色,说:"错过的风景会过期,路过的站台回不去。你懂不懂?嗯?"

我冷静下来,决定听他把话说完——

"我觉得,有时候和你在一起会变得很蠢,可那又能怎么样呢?那也掩盖不了我喜欢和你在一起的事实啊!我愿意和你这么怡然自得地蠢下去,蠢到死也无妨!"

原来,真正完美的爱情是不需要人教的。自己经历,才知道他是什么样子;经过不同的人,才能知道自己是什么样子。

唯有岁月不可留,好在它也不会轻易将你辜负。

最终,我和王二达成协议,做彼此最后的爱情陪跑员。陪多久呢?就以此生为限好了。

岁 月 它 不 会 辜 负 你

谢谢你不爱我，
才让我遇见更好的人

文 / Josie 乔

放弃一个不爱自己的人，并非是因为对方太平庸，还包含了对自己的祝福和成全。
不勉强别人，也不委屈自己。
这是爱情最理想的结局。

生命之中，总有一些人要笑着说"你好"，哭着说"再见"。

01
薄荷订婚。
我、苏西、薄荷三个人齐聚深圳。
在宝安机场见到薄荷的时候，我和苏西抢着要和薄荷熊抱，全然忽视了站在薄荷身后沉默着的男人——陆江，薄荷的未婚夫，香港大学深圳医院年轻的骨科专家。
等我们腻歪够以后，陆江终于笑着开口说话了。
"你们好，我是薄荷的未婚夫陆江，谢谢你们能来参加我和薄荷的订婚宴。"陆江是香港人，普通话带着浓浓的广东腔，认真咬字的样子却让我和苏西相视一笑，而后极其默契地说道："你能把薄荷收了，就是最好的感谢。"
薄荷翻了个白眼，一边怒斥我和苏西胳膊肘往外拐，一边拉我们上车，此时陆江早已把我和苏西的行李箱放进后备厢。
陆江开车送我和苏西去酒店，途中，薄荷一直劝我和苏西住她家里，但我和苏西都很识趣地拒绝了。
薄荷问为什么。
看着坐在副驾驶的薄荷像个好奇宝宝歪着头，苏西笑答："不想打扰你们啊！"。

薄荷还想问为什么，旁边的陆江插嘴道："人家是不想打扰我们的夫妻生活啦。"

我和苏西都默默为陆江的耿直点了个赞，而薄荷的脸已经红到耳根。这么多年，薄荷依然还是那么容易脸红。

我突然想起我们第一次见面的情景，那是 2007 年的秋天，我上高一，开学那天，我是第一个搬进学生宿舍的，而第二个就是薄荷。

薄荷的个子小小的，不足一米六，体形也瘦，留着齐耳的学生头，看起来就是乖乖女的模样。

薄荷拖着一个巨大的行李箱进来，和我打了个招呼以后开始铺床。我躺在床上看漫画，正看得津津有味的时候，薄荷突然发出一声尖叫，我忙问她怎么了，薄荷说看到了蟑螂，我跳下床用废纸壳一下拍死了那只蟑螂，转过头说："多大点事啊？一惊一乍的。"

薄荷的脸一下子红了，和我道谢以后递给我一瓶汽水。

我们的友谊自此扎下了根基。

苏西是我的小学同学兼初中同学，高中和我隔了一个班。

苏西和薄荷相识是在军训的时候，薄荷来例假，不好意思和教官请假，中间休息的时候，我跑到苏西的队伍告诉她这件事，苏西二话没说就跑到宿舍拿了两片卫生棉回来让我拿给薄荷。

事后，薄荷强烈要求见苏西，在我的引见下，我、薄荷、苏西三个人成了从高中到大学、从大学到工作都没有走散的资深闺蜜。

02

薄荷是我们三个人中性格最放不开的，却是第一个萌生恋爱情愫的。

那是高一的第一个学期，军训完的第一个月，薄荷告诉我们，她喜欢上高二的一个学长了。

那个男生叫蒋锐，理科班的，数理化成绩每门都接近满分，长相不算出众，但是因为有了理科天才的光环，爱慕者也不在少数。

薄荷是在田径场遇到蒋锐的，据薄荷说，当时她正在跑 800 米，不记得跑到第几圈的时候，一个足球砸到了她的鼻子，鼻血涌出来，薄荷吓坏了，不远处向她跑过来的男生也吓了一跳。

那个穿着十号球服、高高瘦瘦的男生就是蒋锐。

蒋锐带着薄荷到医务室拿了云南白药粉止血。他送薄荷回宿舍，路上一直不停地道歉，反倒弄得薄荷有些不好意思了。

自那以后，薄荷开始频繁出现在田径场，蒋锐每周一和周三下午都会去田径场中间的草坪上踢足球，薄荷绕着足球场跑步，跑累了就坐在草坪上看蒋锐他们一伙男生踢足球。中场休息的时候，薄荷会给蒋锐递上一瓶矿泉水，蒋锐接过矿泉水，咕咚咕咚喝下去，一点也不理会其他男生别有深意的笑声和口哨声，薄荷却脸红不已。

薄荷喜欢蒋锐的消息不胫而走，蒋锐却一直不曾表态。我和苏西都为薄荷着急，但是薄荷不敢问蒋锐喜不喜欢自己。

薄荷说："他喜欢我最好，不喜欢也是命，但至少可以假装他是喜欢我的，只要没说破，什么都好。"

薄荷说到底还是个胆小鬼。

我和苏西曾偷偷跑到蒋锐的班上，本来打算把蒋锐叫出来做做思想工作，但是当我们看到这个面无表情、疯狂刷题的学霸以后，都放弃了找他谈话的想法。这样的男生放在什么时候都给人一种靠谱踏实的感觉，我们暗地里替薄荷松了一口气。

就这样，薄荷一直以朋友的名义和蒋锐保持来往。

03

2009年,蒋锐高考前一个礼拜,薄荷一个人坐了三个小时的汽车跑到郊区的一个寺庙里拜佛,给蒋锐求了一支功名签,上上签,她比中了彩票还高兴。

这件事被我和苏西知道以后笑了三天,薄荷这样的女学霸居然也迷信,爱情的力量真伟大。

可惜高考成绩出来以后,蒋锐考得并不理想,勉强被外省一所二本学校录取。

蒋锐的老师和同学都劝他复读一年,以他的水平下一次肯定能考好,但是蒋锐执意不复读,没有人知道为什么,薄荷不敢多问,只能以好朋友的身份参加了蒋锐的升学宴。

那次聚餐的都是和蒋锐玩得好的几个朋友,薄荷是唯一一个被邀请的女生。

一群人喝嗨了,有个男生帮薄荷套话,男生问蒋锐有没有喜欢的女生,蒋锐说:"必须有。"

整个包厢一片哗然,男生又问在不在现场,意思再明显不过,薄荷低下绯红的脸喝饮料,蒋锐却直接绕过了这个问题。

后来蒋锐去了广州上大学,有一回,薄荷在电话里鼓起勇气问蒋锐那时候为什么没有回答这个问题,蒋锐说:"我怕你一个女孩子太尴尬。"

薄荷心里一沉,其实从蒋锐跳过这个问题的时候,薄荷就猜到蒋锐应该是不喜欢自己。

可是面对喜欢了两年的男生,薄荷无法一下子就断了情愫。

2010年,我、苏西、薄荷参加高考了,苏西报考了上海的学校,我和薄荷都留在了长沙。我考得烂,报外省根本没优势,而薄荷是迫于家庭压力才留在了本省。

2011年，我和苏西都有了交往对象，而薄荷还痴恋着蒋锐。

薄荷每隔一个月都会打着无聊的幌子在周末坐两个多小时的高铁跑去广州，蒋锐带着薄荷转了大半个广州城。

薄荷每次去广州，蒋锐都会送她到学校附近的快捷酒店再返回宿舍。

时间久了，酒店前台都记得他们两个了。而知道蒋锐有女朋友是12月份的事情了。

前台问薄荷和蒋锐是什么关系，薄荷支支吾吾说是朋友，前台又追问是不是男女朋友，薄荷说不是，前台舒了一口气，然后告诉薄荷说蒋锐好几次都带一个女生来酒店，开的是情侣房。

薄荷看着和自己年纪相仿的前台，心里一阵难过，她一点也不怀疑前台说的话。

没过两天，薄荷就在蒋锐的微博上找到了蛛丝马迹，那时候微信朋友圈功能还没上线，薄荷点开蒋锐多次艾特的一个女生的微博主页，一口气把那女生的五百多条微博翻了个底朝天，翻到最后一条的时候，薄荷突然呜呜地哭了。

薄荷约我出去吃火锅，一边吃一边哭，薄荷说："我就这样失恋了。"说完眼泪吧嗒吧嗒掉下来，汗水和泪水模糊成一片，我赶紧扯了一叠纸巾递给薄荷："四年了，你早就应该从这场大梦中清醒过来了。"

薄荷没再说话，那天晚上，我们两个人在步行街吃了两百多块钱的火锅。

薄荷是个很节制的人，无论是感情还是饮食，但是那天我第一次看到她暴饮暴食。

04

2012年年底，蒋锐从广州来长沙找薄荷。

薄荷跟我说："他失恋了。"

"他失恋了就来找你,他把你当什么了?"我忍住骂娘的冲动劝薄荷不要去见蒋锐。

但是没有用,薄荷还是赴约了。

蒋锐在酒吧里喝得不省人事,薄荷打了个车把蒋锐送到了学校边上的一家旅馆,安顿蒋锐的时候,蒋锐的手机响了,薄荷看到来电显示上的"宝宝"两个字时,心仿佛被狠狠剜了一刀,手机铃响第二遍的时候,薄荷按下接听键:"你是哪位?"

对方在听到薄荷的声音以后沉默了十多秒便挂了电话。

离开的时候,薄荷删除了通话记录。

薄荷说,那是她有生以来第一次做坏事,不过也趁机报复了一下那女生。

蒋锐是被分手的,女生劈腿了,和一个富二代玩暧昧,被富二代穷追不舍,在各种名牌衣服、包包和化妆品的轰炸下,女生和蒋锐提出了分手。

薄荷见到蒋锐的时候,他双眼布满血丝,下巴周围冒出一圈淡青色的胡楂,整个人都是颓靡的,和以前清爽活力的蒋锐判若两人。

爱情能使一个人生,同样也能让一个人死。薄荷看着蒋锐被爱情折磨得不成样子又是难过又是心疼。

蒋锐在长沙待了两天,临别的时候,薄荷问蒋锐:"我能不能抱一下你?"

蒋锐愣了一下,随即点点头,主动抱了抱薄荷。

那个拥抱只有十秒不到,对于薄荷来说却是等了五年的愿望,从2007年到2012年,薄荷用了大半个青春来爱恋这个不曾给过她任何承诺和希望的男生。

从车站出来,在回学校的公车上,薄荷塞着耳机哭成泪人儿。

回荡在薄荷耳朵里的除了"奶茶"刘若英的《我们没有在一起》,还有蒋锐的那句耳语:"我能想到的好朋友只有你了。"

原来从始至终在他心里，自己真的只是扮演着一个好朋友的角色。薄荷想着想着更加难过了。

多年以后，薄荷和男友陆江说起这段往事的时候，薄荷问陆江："你知道以朋友的名义爱着一个把你当成朋友的人，那种感觉有多绝望吗？"

陆江说："我不能体会，但是此刻我只想抱抱你，我要用心跳告诉你，我会爱你到停止心跳的那一天。"

薄荷说，陆江抱着她的时候，她第一次感受到了踏实。

05

2013年夏天，蒋锐毕业，留在广州上班。薄荷暑假在广州一家培训机构实习。我和苏西听说了都来气，薄荷摆明了是去找蒋锐。但是薄荷谁的劝也不听，执意要去广州。

薄荷说，就算是朋友也没关系，谁说喜欢一个人就一定要在一起？

其实说出这样的话的人都是自我安慰罢了。谁不希望和爱的人在一起，朝朝暮暮、耳鬓厮磨？只有得不到的才会说无所谓。

薄荷到广州以后，蒋锐的工作已经稳定下来了。蒋锐提前给薄荷找好了房子，薄荷和蒋锐在同一个小区，就为这个，薄荷窃喜了好几天。

周末，薄荷双休，蒋锐是单休，薄荷会在蒋锐休息的那天买好菜，然后以"一个人吃不了那么多"为借口邀请蒋锐到家里吃饭。

礼尚往来，蒋锐也会带薄荷出去吃饭，有时候是两个人，有时候是和蒋锐的同事。

明知道蒋锐只是把自己当成朋友，薄荷还是很享受这样的露面机会。

有时候薄荷也会问自己，要不要冒一次险向蒋锐表明心迹。

很多次，薄荷看着蒋锐在厨房里收拾碗筷时都很想告诉他，她喜欢他。

然而感性终究输给了理智，薄荷不想两人连朋友都做不成，那样她就彻底失去蒋锐了。

只是不等薄荷想太多,蒋锐就和前任复合了。

薄荷在蒋锐家里看到俨然一副女主人模样的女人时,心里一阵悲凉。

蒋锐穿着短裤和背心从厨房里出来,笑着向薄荷介绍道:"这是我女朋友,何瑜。"

薄荷牵动着嘴角笑着和女人说"你好"。

第二天是周六,薄荷休息,午间有人来敲门,是何瑜。

那是薄荷和何瑜的第一次正面交锋,也是唯一一次。

何瑜说的第一句话就是:"我记得你的声音。"

何瑜比薄荷高半个头,说话的样子有些倨傲。

薄荷努力保持微笑:"我也知道你的故事。"

何瑜眼里闪过一丝局促,不过很快就消失了,转而有些虚伪地笑着问薄荷:"那你知道我和蒋锐是怎么在一起的吗?"

薄荷摇摇头。

而何瑜接下来的一番话把薄荷心底最后一丝希望粉碎得片甲不留。

何瑜说:"我和蒋锐高三的时候就认识了,那时候我们都爱玩一款叫'征途'的游戏……"

那时候薄荷才知道,蒋锐高考前两个月沉迷于游戏和网恋,而他执意要去广州念二本也是因为何瑜。蒋锐喜欢何瑜,两个人之间有一个约定,如果蒋锐去广州,何瑜就答应和他正式交往。

薄荷心如死灰。

"蒋锐爱我爱得发狂,谁也无法取代我在他心中的位置。"何瑜临走的时候扔下这句话,精致的脸庞上带着胜利者的骄傲。

自此,薄荷心里装着蒋锐的地方成了一个窟窿。

暑假结束后,薄荷离开广州回到长沙。

大学的最后一年,薄荷过得忙碌又寂静,偶尔看到蒋锐发朋友圈会点个赞,却很少评论,而蒋锐也从来没有主动找过薄荷聊天。

薄荷闲来无事翻看她和蒋锐以前的聊天记录,突然惊觉这么多年,原来一直都是自己在维系他们之间的"友情"。

06

2014年,我、苏西、薄荷都毕业了。

苏西留在了上海,我在长沙,薄荷去了深圳。虽然我和苏西都怀疑薄荷是对蒋锐还没死心,但是薄荷笑着说自己是真的放下了,我和苏西都选择了相信。

2015年6月,蒋锐和何瑜再一次分手了。

蒋锐对何瑜爱得很狂热没错,但是也无法容忍自己的女朋友一而再、再而三地精神和肉体同时出轨。

蒋锐去深圳找薄荷,薄荷默默地陪蒋锐喝酒,听他诉说工作和爱情上的挫败。薄荷惊讶于自己内心竟然没有一丝涟漪,原来放弃一个人并没有那么难。

薄荷毕业以后把所有的精力都投入到了工作上,每天都勤勤恳恳、尽职尽责。工作上的付出总是有所回报的。工作一年后,薄荷的薪水和职位已经超过了很多同期毕业的大学同学。

当一个人的眼界和所处的环境都变得开阔的时候,他对事物的认知和看法也会悄悄发生变化。

薄荷就是这样,当她认识到自己的价值,并且认识了更多优秀的人以后,再去审视蒋锐时,突然有种淡淡的失落。

薄荷看着眼前穿着随意、体态微微发福的蒋锐有些难过,为什么自己爱了那么多年的男人最后会变得如此平凡?

薄荷想不通。

薄荷送蒋锐去车站，临别的时候，薄荷对蒋锐说："以后伤心难过的时候，请不要想起我。"

言下之意是不要再来找我了。

蒋锐沉默了片刻，然后自嘲道："我这样的人，的确不值得你费心。"

那天，薄荷望着蒋锐离开的背影，难过得蹲在地上哭了。

那天晚上，薄荷发了一条朋友圈：你知道彻底放弃一个暗恋八年的人是什么感觉吗？

我不知道，苏西也不知道，我们都没有经历过这么漫长的爱恋。所以那条朋友圈，我和苏西都没有点赞，也没有评论，但我们都知道，薄荷是真的属于自己了。

放弃一个不爱自己的人，并非是因为对方太平庸，还包含了对自己的祝福和成全。

不勉强别人，也不委屈自己，这是爱情最理想的结局。

07

陆江把我和苏西送到酒店，薄荷吵着要和我们一起吃个饭，聊聊天，大家都拗不过薄荷，最后陆江留下我们，一个人开车回去了。

陆江离开以后，我和苏西立马原形毕露展现八卦之本能。薄荷在微信上说过陆江的背景，拥有伯明翰大学的硕士学位，父亲是香港大学的教授，母亲是杰出的肿瘤医生，从小就接受良好的教育，品格优良，这一点我和苏西已经感受过了。我们更好奇的是薄荷是怎么遇到白马王子的。

薄荷抿着嘴偷笑："一点也不浪漫好吗？"

去年9月，薄荷跟团爬山的时候不小心扭伤了脚，薄荷一瘸一拐地跟在队伍后面艰难地行走，陆江是第一个发现薄荷扭伤脚的人，问清情况以后，陆江从背包里拿出一瓶麝香活络油，蹲在薄荷跟前一点一点抹在她受伤的脚踝上。

薄荷看着眼前一脸认真模样的陆江突然红了脸。薄荷回去的时候,陆江把那瓶活络油送给了她。

薄荷再见到陆江是一个月以后的事情。

薄荷陪同事去医院看病,陆江穿着白大褂,薄荷还是一眼就认出了他。

后来两个人的联系多了起来,陆江对薄荷暗生情愫。

11月的一天,陆江生日,派对结束后,陆江送薄荷回去,车子停在薄荷居住的小区楼下,陆江从后备厢里捧出一束红玫瑰,他望向薄荷的眼神明亮清澈。陆江说:"我用了一个多月的时间来确定自己是不是喜欢你,此刻终于有了答案,我很喜欢你,你愿意和我拍拖吗?"

薄荷收下玫瑰点点头:"我愿意。"

薄荷后来问陆江为什么喜欢自己,陆江是这样说的:"因为我是医生啊,我希望我可以治愈你,还想保护你一辈子。"

明明是让人听了会起鸡皮疙瘩的情话,薄荷却愣生生感动得一塌糊涂。

吃过晚饭,按照来之前的约定,薄荷带我和苏西到清吧喝酒,薄荷喝高了,提到蒋锐又哭又笑。今年五月,薄荷听说蒋锐和何瑜结婚了,理由有些荒唐,何瑜打胎过多,不能生育了。尽管如此,蒋锐还是不顾家人的反对,偷了户口本同何瑜领了证。

薄荷说:"你们不知道吧,当初给蒋锐求功名签的时候,我顺带给自己求了一支姻缘签,下下签。后来成绩出来了,功名签一点也不准,我以为姻缘签也会不准,可是后来我发现真准……"

苏西抱了抱薄荷:"都过去了。"

是啊,都过去了,那些年轻的为爱疯狂的岁月终究一去不复返了。

而未来,等待我们的是全新的、更好的生活。

岁 月 它 不 会 辜 负 你

你好，我的情场终结者

文/米娅

我错过了我以为的爱情，却偏偏遇见了你。原来情路相逢，也是一种命中注定。

01

搬到布拉格的第三年,我从怡然自得的少女留学生变成了一个看上去光芒万丈实则一穷二白的四流小作者。写了一本书,人生囫囵,定位模糊。

除了搞搞男女关系之外,我还常常自诩为搞文艺的,听信了那句"文艺女青年终将死无葬身之地,要么二婚,要么孤独终老,要么给比自己小三岁的男人当后妈"。后来,我决定敞开胸怀,为人性的阴暗面劈天开日,破罐子破摔。

我也曾短暂地辉煌过,之后写了几个剧本,结果被业内资深人士定义为"赔钱货"。为了避免自己的职业道路从此被贴上"赔钱货"的标签,我暂时洗手不干,自愿退出影坛。

好在我志比金坚,脸比墙厚,胸怀抱负,起了个不打眼儿的笔名,搞起了小说创作,力求东山再起,成功转型为文学地下工作者。

七个月前,我收到了国内一家电影工作室的聘书。老板介绍说他们工作室是个搞影视创作的民间组织,被称作影视界的"麻油叶"。做过几个不错的片子,是业内黑马外加潜力股。他说只要我按照自己的路子走下去,稍加包装,只需两三年,一准儿被捧成编剧界的新星。

我被梦想与热血冲昏了头,意乱情迷之下就从了他们。于是,一纸合同的时间,我的身份更上一层楼,从小作者变成了一名预备役编剧,理想富饶，生活却依旧清苦。

做我们这一行，最重要的就是丰富内在，体验生活，懂得入戏出戏，偶尔跳脱。

我以此为由，发誓要好好利用手头的各项资源，历经千锤百炼，丰富自己的情感经验，争取在不同的时间场合，结识品貌不同的男人，谈几场刻骨铭心的恋爱，交几个肤色各异的男友。

我家楼下有家俄罗斯式小酒馆，白天卖劣质咖啡，晚上卖纯正伏特加。醉生梦死好几回之后，我顺理成章地和酒吧经理好上了。

酒吧经理来自黑海，操一口流利俄语，还泛着黑鱼子酱的腥香。可惜我一个字儿都听不懂，我们只好靠站在原地搔首弄姿表达自己的需求。

不过我俩都不怎么在乎，能够各取所需，这就足够了。

公司老板跟我说："男人，是你爬上艺术顶峰的天梯，而沉默也是会说话的！抓住机会，要在不言不语之中好好感受情感的起伏与温度！"

没坚持多久，我和酒馆经理分手了。遗憾的是，情感方面，我什么都没揣摩到。

公司老板远隔重洋安慰我，说："你别急，咱们可是搞艺术的，要将眼光放得长远，别把事物想得那么片面。

So，抬起头，挺起胸，Next——"

02
马达，我现任男朋友。我们是在一次饭局上认识的。饭局是我闺蜜桃桃组织的，原本，就是为了给我介绍男友。

桃桃是个好姑娘，优点一大堆，缺点就是和我妈太像，O型血的奉献型人格令我成了她大鹏展翅下千呵万护的小绵羊。自从她和王大卫结婚，就发毒誓要替我找个和王大卫一模一样的暖男托付终身。

其实桃桃不明白，以我目前的异性储存指标来看，我并不需要一个真正意义上的暖男。

干我们这行，要么风流多情，次次全心投入，要么打一开始就保持彻头彻尾的虚情假意。爱情是装备，与炮弹、枪支无异，可别将它夸张成制约情绪的生活必需品。要懂得武装自己，以此取得事业上的风生水起！

就在不久之前，影视公司老板跟我进行了一次语重心长的谈话。

他说："姑娘啊，趁着年轻，就应该多谈恋爱！要像储存石油那样储存情感经历。只有身入其中了，你才能够将感受运用到角色的构造之中去，比如暗恋时的激流暗涌、热恋时的干柴烈火、捉奸时的惊心动魄、被甩时的泣不成声……好好体味，你笔下的人物才能够有血有肉，立体感爆棚，不然无论怎么写都是你自己的人格反射，假大空！"

我远隔十万八千里，弱弱地问了句："老板，我这算是被变相潜规则了吗？"

"姑娘，受益的又不是我！"老板说完就撂了电话。

这席话，令我一瞬之间醍醐灌顶，我指天为誓，要为了大红大紫的将来抛头颅洒热血，既然选择了远方，便只顾风雨兼程！

03

见面那天是个周六，桃桃很早就到了。她指着一摊水泥般靠在沙发角的男人向我介绍："他叫乌力，我们大卫的朋友，长得有点儿凶险，其实为人很仗义。"

我看着纹在那人胳膊上龇牙咧嘴的白虎，再看看他喝茶的样子，悄悄将桃桃拽到一边，半开起玩笑来："黑社会老大不都长这样吗？"

桃桃说："别闹了，人家是正人君子！北京的！你瞅瞅，那大老爷们儿似的串脸胡，要多性感有多性感，好好把握哦！"

也不知道怎么了，桃桃说出的每一句话，都被机械性地整合成了五个大字儿，响彻我的耳畔——黑！社！会！老！大！

去吧台添茶的时候，我注意到门边坐着一位面目同样陌生的男人。我跑去向桃桃询问，她说他好像叫马达，和乌力一起来的。

马达是个文质彬彬的男人，二十有八，歪打正着，看眉看眼看卖相，正是我目前需要的品种。于是，吃饭的时候，我故意避开乌力，在马达的旁边坐了下来。他对我微微笑，将椅子挪开了些，又很礼貌地将挂在椅背儿上的围巾摘掉。

吃到一半，乌力和王大卫已经喝得七八分醉。桃桃说要去对面买酒，却被我借机一把拦下。坐在一旁的马达跟着站起身，说："太重，你可能拿不动，我刚好买烟，跟你一起好了。"

就这样，我们双双从一片乌烟瘴气之中逃离，沐浴着半身月光，春风十里。

途中路过一家咖啡店，我提议进去喝杯红茶解解酒。

坐在橡皮树的阴影里，马达突然扭头，饶有兴趣地询问我："你是做什么的？"

我说："搞创作的，写小说，也写写电影、剧本什么的。"

他又问："写什么类型的？"

我随之仰头远眺，调整了眼神的深邃程度，信口说道："穿越、情变、玛丽苏。"

"比如呢？"

"比如说，纯真无邪、人畜无害的女主角因为某次突如其来的撞车事件穿越回古代，遇见男主，经历了一场半生浩劫似的情变，然后和霸道总裁乘坐时光机，穿越回了现代之类的。"

听着听着，马达的目光就变了，变得如春水柔荡，又泛着点儿秋波。

其实我撒了点儿小谎，当然，也并不完全。我是准备写电影来着，就是还没来得及施展这方面的才华。

说白了，目前我就是一写故事的，没什么拿得出手的作品，水平跟《故事会》差不太多。就连那么几个屈指可数的读者，都是在群里发午夜福利收买来的。

不但如此，我写的故事还是用作催眠的那种。要知道，催眠的精髓便是"无聊"，让人在翻书页的过程中不知不觉生出宁愿失脚坠入梦崖的冲动。

后来，我也主动澄清了自己的谎言。但说得没那么直白，也没那么自我毁灭。我说，我这是追求梦想，在或哀恸或跳脱的故事结尾赠人一场春梦，牺牲自己，为失眠人群做点儿贡献罢了。

马达看了我一眼，捂着嘴，点点头说了句"石头都能被你说出花儿来"，转手将添了水的薄荷茶递给我。

那天晚上，他执意送我回家。我们在楼下小树丛后的秋千上荡了好一阵儿，见他没有半点儿要离开的意思，最终，我决定放他上楼。

回到家，我敲开大门，摸黑将马达领进卧室，软声细语要他在我的大床上稍作休息，然后脱掉大衣，像半路杀出的旋风一般去厨房和客厅收拾残局——水槽清理干净，发霉的食物倒进垃圾桶里，抱枕和靠垫排成一线，散落在餐桌上的内裤和丝袜塞进电视柜……

待我将一切收拾妥当，端来气泡水的时候，马达已经睡着了。他用毯子将自己裹严，相貌平和，还毫不客气地打着呼噜。

打那一刻起,我认定了马达是个好人,一个正直的人,一个高尚的人,一个脱离了低级趣味的人。

没多久,我们以两情相悦为原则,大摇大摆地走到了一起。

04

我喝可乐的时候喜欢往里面吹气泡,特别是在与马达共享一杯的时候。有人管这叫恶作剧,我却觉得有趣。我总是先偷偷吹上几口,然后默不作声地看他仰头将整杯喝下去。杯子见底儿的那一刻,满足感爆棚,我觉得可乐是我的,马达是我的,整个世界都是我的。

吹了两个多月,还是被发现了。

有天我们吃晚餐,马达突然举着杯子,表情狰狞地望着我。良久,他将玻璃杯放下,朝我倾了倾身子:"你不觉得奇怪吗?最近的水杯里总是有大蒜的味道。"

我对此心知肚明,却还是将脑袋摇成了拨浪鼓。因为减肥,那段时间,我将晚餐调整成了洋葱沙拉。

自那之后,马达再也不喝可乐,可我对"吹泡泡"这项技能热衷依旧。

05

和马达确定关系之后,我一阵春心荡漾,没憋住,把这情况如实跟我的组织汇报了。我说:"老板,我恋爱了。没想到这么快就收缴了个重量级的,我这儿内存太小,估计战备库也存不下别的了。"

我以为老板会大发雷霆,不料他大腿一拍,来了句"好好好!"

我说:"老板,您不是让我进行大规模情感扫荡吗?您不是说只要我再努把力,明年就能把我捧成编剧界新星吗?"

老板说："呸，就你一幕后工作者也想一夜成名？又不是银幕大明星！再说了，编剧界的成功人士也是战备十年才能打一发响炮！"

我拉出我的小公主型人格，眉间带泪，心里却想着：呸！搞文艺的真不靠谱，一点儿风吹草动就反悔！

正要挂断视频，老板抢先一句："你好好谈着，用心谈，谈到出神入化的时候，我这儿给你准备一票大的，正好符合你目前体验的角色！"

我谢过老板，咬牙切齿地摁黑了屏幕。

06

马达收到新公司录取通知的那天，是个周六。请客吃饭，一票狐朋狗友看鬼似的盯住我俩久久不放松："之前那份工作不是你的 Dreamwork 吗？为什么要换？"

马达说："再 Dream，工资太低，糊不住生活。"

我听了内心止不住一阵唏嘘，又有点儿小窃喜。没错，他所做的一切，可都是为了我。

在那之前的一个月，我遭遇了严重的创作瓶颈。公司说，再不努力就拉我去写鸡汤，或者把我卖进小黑作坊，做个能卖钱的底层段子手。

马达认认真真听完我的转述，用力抹去我的泪水，说："别害怕，你已经从写作中受益，练出了一套天人合一的多重人格。写不出来就不写了，那么多编故事的，不差你这一个！天塌下来我挡着，有我在，你的人生就不可能有穷途末路的时候。"他当时说得别提有多当真，说完之后，我俩一顿抱头痛哭。

07

派对是在广场附近的一家小酒吧举办的。因为预约晚了,我们只租到了剩余的三桌,场地也只能跟别人合用。

老鱼他们到得早,买了鲜花,还买了我爱吃的炸鸡、比萨、草莓蛋糕。

待我们进场,旁边一波人已经喝得个儿面红耳赤了。马达先是组织大家干了一杯,又拉我在小阳台上吹风,喝着星星从法国带回来的红酒,夜风拂面,背景音乐正好是我喜欢的"粉红马提尼"。

没聊几句,他便被老鱼一伙人拉去玩儿掷骰子游戏,马达推脱不过,说就当是重在参与,活跃活跃气氛,没来得及与我吻别,便被老鱼拽走了。

就这样,我被留在了原地,空虚寂寞,形单影只。就在我抬腿准备移驾沙发的时候,一位穿黑色包臀小短裙的女人走了过来。

还没等我反应,她便伸出右手:"你好,我是马达的前女友。在这儿碰见,好巧!"

我愣在原地,没料到这世上竟有如此巧合之事,更没料到,这世上竟有这么理直气壮前来挑衅的前女友。随后,我调整了呼吸,将嘴唇抿成微笑的弧度,跟着伸出手。

可还没等我碰上她的指尖,她又迅速将手收了回去,轻轻托住酒杯,扮出一副天生高人一等的模样。

"哦,马达跟你提过吗?我叫妮可朱!"

我没听太清,想都没想就问了句:"什么……什么猪?"

她显然有些气血上头,加重语气重复了一遍:"妮!可!朱!"

"我自己有一家外贸公司,做做国际贸易之类的。当初和马达分手,就是因为他不能接受我对工作倾注的热情比对他还多。你呢?我猜,你应该是顾家型的吧?不然马达怎么会和你在一起呢?"

"没错,我的工作没有时间地点的限制,比较自由。确切地说,我是搞创作的……"

还没等我说完,妮可朱一把抢过话去:"啊,原来你就是熬鸡汤的啊!"她随之笑了一下,表情别提多阴损。

我摇头,心想她怎么能这般侮辱我的事业?

看我否认,她手头点烟的动作慢了下来——"不是?那你就是宇宙无敌段子手?"说完便"咯咯咯咯"地笑起来,那样子,别提有多丧心病狂!

我一面不卑不亢地忍耐着,含在嘴里的脏话一刻不停地翻着跟头;一面屏气凝神自我抑制,心里一遍遍告诉自己:"您这是阵亡般的壮士洒热泪,人家是委屈样儿的梨花带细雨;您以为自己赢了气势,人家心里骂你傻!"想着想着,意念深处那呼之欲出的风火轮儿被生生压了回去。

"你知道我为什么看上去比你丰盛吗?"妮可朱吐了口烟,轻轻咳了两声。

我摇摇头,心里却想着,怪我咯?怪我咯?怪我活得浅薄咯?

她将不屑一顾的眼光撤掉,然后有点儿惋惜又有点儿不可救药地望着我,说:"你吃过萝卜吗?那种红皮白瓤的萝卜?看上去像是胡萝卜,一口咬下去,才发现是白萝卜。没错,我就是那种萝卜。"

"说来说去,你不就是一根儿萝卜吗?!"当然,这句话我没说出口。要知道,我们搞艺术的,最擅长的就是在各种角色之间自由转换,上一秒还是青涩少年,下一秒就能变成如狼少妇。

看我听得不动声色,妮可朱继续道:"马达扒掉我的衣服,发现我的皮肤是一种颜色;扒掉我的皮肤,又发现我的血肉是另一种颜色;扒掉我的血肉,又发现我的心脏是鲜红的。这叫角色重叠你懂吗?这就是女人的迷人之处。"

我在心里默默回击:还角色重叠?您这叫多重人格!

妮可朱越说越激动,越说喝得越多。终于,被香槟浸过的脸,也逐渐变成了猪肝色。

直觉告诉我,她是那种杀人不见血的女人。对于步调一致的同类而言,她是冲锋陷阵、所向披靡的勇士;反之,对于意见相左的异类而言,她是杀人利器,有分分钟斩断你一切快乐根源的本领。

"这世界多可爱啊!有你爱的人,也有爱你的人,可惜他们不是同一个人。其实你自己知道,任何一段需要你花心思去讨好的感情,都不会太久。为什么还要继续?"妮可朱眯着眼睛,一本正经地看向我,与此同时,很是遗憾地耸了耸肩。

她的一字一句,没有高音的冲击,却刺刀一般直直扎进我的心里。

如果说刻薄也是一种美,那么显然,这女人简直就是倾国倾城!

不远处,有个身影步步逼近,烛光里,我们看不清他的样子。我们都害怕碰见熟人,便双双别过头去,背对着背,假装不相识的样子。

那人明显喝多了酒,有点分不清东南西北,没走几步,便一个急转身,往卫生间里拐。

妮可朱见状,长舒一口气,转过身来,将刚才点燃的香烟捻灭。她嘬了一口酒,抿住薄薄的嘴唇,继续道:"你知道吗,马达和我在一起的时候特别懂得分享。比如,他最喜欢的电影是《楚门的世界》,最喜欢吃咖喱牛肉,还有波本威士忌……他喜欢跟我分享生活中的一切,当然了,还包括他自己。"

我站在高大盆栽的阴影里,看她那副声情并茂的刻薄劲儿,了解状况的,知道她是喝多了酒;不了解的,还以为她真把自己当演员了!

想到这儿,我忍不住了,只好使出自己最不堪入目的撒手锏——

"你知道吗,马达认识我之后,进步了。他不只喜欢单方面付出,我还教会了他彼此融入。"

我看见妮可朱收敛了一下眼神,分秒之间,却还是被我发现了。很明显,她有被这句话冲击到。我知道自己占了上风,便将眉目调适至凛冽而辛辣。

"比方说,我喜欢往可乐里吹泡泡,马达总是眼睁睁地观看,然后心满意足地喝掉。"

妮可朱端杯子的手抖了一下,神情一愣,身子还隐隐向后倾了小半步。她显然没料到我会在这个节骨眼儿上还击,于是用力斜了斜眼睛,说了句:"不知羞耻!"

我假装没听见,故意将吸管嘬得"滋滋"响。

妮可朱明显不甘示弱,她忍住心虚,咬牙切齿地来了句:"你是担心我要把他抢回去?担心我将再一次占为己有?"她望向我,目光步步逼近,"你说说,你有这种担心吗?"

我静静站在原地,一忍再忍,想象自己正旋转、跳跃、闭着眼。她看我沉默,权当默认,笑得傲娇,说:"好啊,那我就做回善人,成全你这种担心!"

她的酥胸一摇,世界倾倒。我满心惆怅,无处可逃。

08

直到派对散场,马达才重新出现在我的身边。我憋了一肚子的火,又不敢轻举妄动。要是他没看见妮可朱,那我岂不是自导自演了此地无银三百两吗?

马达靠过来,温柔地吻了我的脸。他着手将剩下的零食打包,我像根水泥柱子似的在他跟前杵着。

"怎么,刚刚认识新的小姐妹了?"他勇敢,先开口。与此同时,回过头来看我的反应。

"什么小姐妹,是狭路相逢的死对头好吗?怎么,你看到她了?"

马达意味深长地点了点头。

我将酒杯在桌面上撞得"咚咚"响,"那你是眼睁睁看着我受委屈却故意不挺身而出是吗?你不是昨天晚上还说你是我的蜘蛛侠吗?"

马达没回头,也没停下手中的动作。

"你们不聊得挺热烈吗?没见谁伸拳头蹬腿儿的呀?你想想,我要是半道加进去,那场面得有多尴尬?!还有,我该说些什么呢?旧爱你好,看我新欢的胸大不大?"

理智告诉我,马达这是打心眼儿里和妮可朱断了个干净,所以根本没当回事儿,因此觉得我应该也不会太当回事儿。可妮可朱的盛气凌人,又让我情不自禁地给马达扣上了一顶对前任念念不忘的帽子。

我没忍住,抬手将他打包好的东西一股脑儿扫到了地板上,然后用力踩了两脚,转身冲进茫茫夜色。

我去找闺蜜桃桃诉苦,桃桃一脸悲壮地看向我。她说:"何必将爱情活脱脱憋成了快来大姨妈的痛经少女?要我说,您要么流血一生,要么切除子宫。"

"我凭什么就这么缴械投降呀?输人输情不输势!谁勾搭个男人都不容易,我凭什么半路退出偏偏给她人做嫁衣。"说完,我入戏一般放声大哭。

桃桃坐过来抽纸巾帮我擦去泪水,然后趴在我的肩头无计可施,徒留沉沉叹息。

09

自那以后,我和马达之间就再没过过舒坦的日子。我看什么都不顺眼,做什么都觉得气不打一处来。

有天晚上,凌晨一点多,我给马达打电话,响了六七声才被接起。他说他有点儿事,回家再解释。我正要挂掉电话,那头传来了妮可朱的一声疾呼。

等我反应过来,马达已经挂上了电话。

兴许我打心眼儿里就没想要分清楚青红皂白,于是,将本该用来应对妮可朱的一身打死不服输的浩然之气全用在了马达身上。我不过是怕受到伤害,怕自尊被最亲近的人无情撕裂,便抢先一步跟他摊牌。

直到凌晨,马达回到家。正要跟我解释,我一把将他推倒在了沙发上。然后抬手摔了一只事先准备好的茶杯,将气氛推至风口浪尖。

我说:"马达,我根本就不爱你,确切点说,是打一开始就没爱过你!你只是我攀登事业巅峰的一块岩石,我不过是利用你体验爱情。我以前有过很多男友、汤姆、杰瑞、耐克、阿迪,数都数不清,你喜欢妮可朱就滚回她那儿去,反正我无论精神上还是身体上都不需要你!"

马达看着歇斯底里的我,像是看着一个陌生人。

我收拾行李,连夜搬去了桃桃的公寓。

隔天晚上,我收到马达的短信,他说:"剩下的东西先别忙着搬走,我们都先冷静冷静,如果到了这个月31日还这样,就在那天分手。"

还11月31号?吵架都能吵得这么文艺,你以为你在演电影?!

我没回复,然而心中默许。拿起浴巾去浴室,关掉手机。

闺蜜天生一副好脾气,不像我这般面目可憎,睚眦必报。她对王大卫尤其温柔,遇到什么事儿都轻声细语,不愠不火。

她的生活充斥着粉红色,有时候我也挺羡慕。倒不是羡慕她嫁给王大卫这样的高学历技术男,而是羡慕她懂得拿捏,把握大局,懂得忍气吞声。

闺蜜的撒手锏可不是一张贱嘴,而是两汪热泪,遇到事儿先忍着,忍不住就哭,哭得梨花带雨,痛彻心扉,好像受尽了世间凌辱似的,哭到王大卫就算不被打动,也不得不装出被打动的样子,这才算完。

就比如,王大卫和前任是同事,不在同一部门,却也有业务上的往来。

每当桃桃知道他需要出席有前任的场合，便提前两晚将衬衫、西装熨好，一大早起来帮他拗造型，洗脸洗头剃胡须。

王大卫心中自然有数，常常说："我老婆就是我老婆，识大体，懂生活！"

懂得以柔克刚，又表面平静、胸有城府。原来，闺蜜也是个狠角色！

10

生活没有我想象的那么好，也没有我想象的那么糟。我的脆弱和坚强也都出乎我的意料。有时候，我会脆弱得因为一句话就泪流满面；有时候，我发现原来自己咬着牙，已经走了很久很远。

11月30号，马达到桃桃家楼下等我。看他那副垂头丧气的模样，就知道他是来求和的。

妮可朱那件事儿，我已经抛到脑后好多天了，回头想想，为那点小破事儿流汗流泪，大动干戈，我可不就是爱上他了吗？

那天，马达从老鱼那儿借了辆二手斯柯达，玻璃坏了，权当敞篷。我俩听着公路电台，在乡间小路上一阵颠簸。

后来，马达将车子停在一棵被雷劈过的椴树下，捧起我的脸，"你当初真拿我当炮使吗？"就着惨淡的月光，他的声音和表情显得特别凄楚。

我哼哼唧唧了好一会儿，低下头，说："其实我打一开始就没拿你当枪当炮，你和汤姆、杰瑞、耐克、阿迪们不一样，这次，我挺真心的，动用了二十多年没动过的真心呢。"

马达听罢，很是满意地点点头："除此之外呢？你利用过我吗？"

我又是一阵支吾："就上回派对那次，我把你喝我泡泡可乐那事儿告诉妮可朱了，拿你做了回挡箭牌，没想到还挺好用，一句话就把局势扳回平局了！"

我以为马达会生气，然后拉开车门，将我扔下去，没想到，他笑得风流又饥渴："没事儿，你就是拿我当炮使我也愿意！"

"那妮可朱呢？到底该怎么处理？"

"你能不给自己找不痛快吗？你还把人杀了不成？过去了就过去了，还提它干吗？"

我错过了我以为的爱情，却偏偏遇见了你。原来情路相逢，也是一种命中注定。

11

那段时间，老板应该是发现了我状态温和、满血复活。他发了视频给我，说："你目前的积累量差不多了，现在施展才能的时候到了。给你一主题，就写'情路相逢勇者胜'，注意注意，别再写成赔钱货！"

我隔着屏幕，看着老板的小胡子，突然觉得他特别倜傥，特别慈祥，特别和蔼可亲。

情路相逢勇者胜！然而爱你的时候，我却面目可憎。

我千回百转、柳暗花明，一路撞得头破血流，好在岁月终究没能辜负我。

对了，原来11月没有31号。

那么，在我们相爱的第五年，"马达，生日快乐！"

岁月它不会辜负你

不再让你孤单

文／苏小昨

> 如果有一天，我要嫁人，一定是因为，我看到那个男人，就仿佛看到了家。

01

王五一总说我特缺爱,其实他有所不知,我如此黏他,并非缺爱,而是害怕孤单。

王五一是我家孩子她爸。我一直觉得,王五一这个名字特二。我俩刚认识时,我给他起了一个霸气侧漏的昵称"大王"。之所以叫他大王,是因为我俩都姓王,他叫大王,我叫小王。

不过我的闺蜜们特别不喜欢大王这个称呼。闺蜜菲儿说:"每次你叫大王的时候,我总觉得咱们就是一群小妖,整天想着把你送给大王当压寨夫人。"好吧,亲爱的,我想你是《西游记》看多了。

说实话,我打心眼儿里讨厌"小王"这个称呼。因为我实习的时候,一个变态老板就天天叫我"小王",大家一叫我小王,我就会想起那个死变态。

那时,我和菲儿从遥远的海南穿越三分之二个中国来到帝都,光荣地成为北漂,并进入同一家公司。

某天晚上,老板发信息说我的裤子上有块血渍。菲儿看到这条信息就暴怒了:"你穿着那么黑的裤子,你裤子上有块血渍,我咋不知道。这个死变态。"

在昏暗的地下室,我俩拿着我的裤子找了很久,才在腰带处找到那块血渍。第二天,我和菲儿就双双辞职,死变态居然连工资都没给我们。

王五一听到这段悲惨的故事后,无比同情地对我说:"好,那我以后就叫你小王。"

"为什么?"我不可思议地看着他。

王五一一本正经地说:"使你恐惧者,必使你强大。"我被这句话震到了,无比崇拜地望着他,觉得此人内心好强大啊。

吾日三省吾身的我,深知只有内心无比强大的人才能驱走我的孤独与悲伤,保护我的敏感和脆弱,容忍我的矫情。

后来才知道,王五一那句话是在网上抄来的。一句话就能骗得一个姑娘死心塌地地跟着他,为他生孩子,这只能说明,王五一很聪明,而这个姑娘严重缺心眼。

不过,王五一坚定不移地认为,我是因为他长得帅才喜欢他的。

以至于多年后的一个午后,他还推心置腹地和我妈说:"您是不知道,我家条件不太好,得亏我长得帅点,否则,指定是光棍一条了。"

我和我妈惊得下巴都掉下来了,异口同声地问:"你长得帅吗?"

王五一一脸迷茫地问:"不帅吗?"

王五一长得到底帅不帅,众说纷纭,有待考证。不过有一点,我猜对了,他真心是一个内心无比强大的人。

02

从小到大,我总觉得莫名地孤单,然后骨子里悲伤逆流成河,久而久之,河水泛滥,差点把我淹死。而王五一就是我抓住的救命稻草,最后也是他把我成功救上岸。

可我为什么还总感到如此孤单呢?

我想这大抵是因为我比较早熟,看的书太多,于是,把很多微妙的情感,譬如孤单、悲伤,无限放大。说白了就是矫情。

我想,我孤单感爆棚是在大学毕业那年。

离校前的一个下午,室友小晴问我:"亲爱的,你有没有一种无家可归的感觉?"

"不会啊?我的家在山东,泰山脚下啊。"

"我的家还在东北松花江上呢。你真的没有那种无家可归的孤单感吗?你想我们要毕业了,迟早是要嫁人的,我们再也不能像以前那样依赖爸爸妈妈。那个从小长大的家,会变成娘家。如果我们要嫁的那个人,不懂我们,也不知道心疼我们,可不就是无家可归吗?所以如果有一天,我要嫁人,一定是因为,我看到那个男人,就仿佛看到了家。"

本来就矫情的我,听到小晴这段话,瞬间孤单感爆棚。

小晴说,女人其实特别容易满足,只要有人陪,上刀山下火海,又算得了什么?就怕身边的男人不懂,懂的人迟迟不出现。

对。只要有人陪,上刀山下火海,又有何惧?

第一次见到王五一冲我没心没肺地咧嘴大笑时,我就想起小晴说的那句暖心窝的话,"如果有一天,我要嫁人,一定是因为,我看到那个男人,就仿佛看到了家"。

03

其实,我和王五一是性格截然不同的两种人。我是一个内向、好静、慢性子的宅女,而他是外向、喜欢热闹的急性子。他总说我每天慢吞吞,磨磨蹭蹭,揉碎了他的心。后来他干脆给我起了一个外号——"王老磨"。我也毫不示弱地叫他"王老急",一擦就着,不点,还自燃。

王五一特别喜欢带我去闹市逛街，去公园散步，漫无目的地压马路，去 KTV 唱歌。

我很喜欢听他在 KTV 唱歌，不过听到那些伤感情歌的时候，我也会感到很难过，总觉得那些歌和回忆，都不是属于我的。

直到有一天，在 KTV，依稀看到他指着我说，下面这首《不再让你孤单》送给你。那是一场撮合朋友相亲的聚会，人太多，很嘈杂，我没戴眼镜，看不清楚，也没听仔细，只是觉得那首歌很好听，歌词很感人，当然我最喜欢的还是歌名。

聚会结束后，我和朋友一起往回走，朋友一脸羡慕地对我说："你家王五一对你真好。刚才那首《不再让你孤单》，把我感动得一塌糊涂，哭得稀里哗啦。"我诧异地问她："是唱给我的吗？我咋不知道呢？"

"你傻了吧？人家整首歌可是深情款款地望着你唱的，而且开头就说送给你的。"我故作镇定："一首歌算啥啊。真正做到一辈子不让我孤单才算。"

其实我心里早就乐开了花，此后很长一段时间，我一直单曲循环任贤齐的《不再让你孤单》，傻傻地跟着唱，跟着笑。

04

不过，王五一很快就食言了。就在那次聚会后没多久，他就被调回北京总部，把我一个人留在寒冷的济南。

和王五一在一起的日子里，济南的冬天就像老舍先生描述的一样，阳光明媚而美好。我甚至感觉不到寒风的凛冽，不再畏惧寒冷的清晨和夜晚。

难以想象，我那一个多月是怎么熬过来的，只是依稀记得，好像不知道从哪儿突然来了一股冷空气，气温骤降，天气冷了好多。

他走后没多久，我就冻感冒了，一病就是一个月。

直到他回来的那天，我依然高烧不退，陪我打针吃药后，他说："你好好睡一觉，盖好被子捂出一身汗就好了。"估计感冒药都有安眠的功效，我迷迷糊糊地就睡着了。

醒来的时候已经是第二天早上，王五一穿着衣服躺在两床被子上，冻得缩成一团。当时我鼻子酸酸的："你为什么不盖被子睡觉啊？"

王五一揉了揉眼睛，摸了摸我的头，说："这不是怕你蹬被子，好不容易捂出点汗，见了风不就前功尽弃啦。"

当时把我感动得稀里哗啦，就差以身相许了。于是我暗自下决定，别说随他去北京了，就是上刀山下火海，我也认了。

05

其实，在他去北京的这一个多月，我都在纠结要不要随他去北京。

毕业之后，我就开始北漂，一开始就为了所谓的梦想。慢慢地，我觉得，偌大的城市，总是令人感到迷茫和孤单，看不到未来和希望。于是我离开了北京。

已经二十五岁的我，难道为了爱情还要再次北漂吗？我们之间的感情本来就不被亲朋好友看好，如今我要随他去北京，更是遭到了家人的强烈反对。但我怕极了那种他不在身边的孤单感，所以当他再次去北京时，我固执地追随他的脚步。

在北京我俩相依为命，竟然也没有之前的迷茫、徘徊和孤单。不过，我们也会有争吵。现在回想一下，我俩争吵的原因好像百分之九十五都是因为吃。

06

以前听刘若英唱《当爱在靠近》,"真的想,寂寞的时候有个伴,日子再忙,也有人一起吃早餐"。温暖的歌词划破寒冷的冬天,把我感动得一塌糊涂。是的,我一直觉得爱情其实很简单,两个相爱的人,在一起吃早饭就是幸福的。

每每提及刘若英,我都不禁想到陈升,以及那首感人至深的情歌《不再让你孤单》。我时常在想,刘若英是听到陈升边弹边唱《不再让你孤单》时,深深爱上他的吗?

一定是的。对于一个文艺而忧伤的姑娘来说,陈升那首干净温暖的《不再让你孤单》,是让人丝毫没有抵抗力的。才华横溢的刘若英是,文艺而矫情的我,也是。

我一直渴望能和心爱的人一起吃早餐。然而,王五一却没有吃早饭的习惯。他一个人的时候,一到周末就睡到十二点,早饭午饭一起吃,这些年来他已经没有吃早饭的习惯。

我是一个典型的饿货加吃货。每天早上叫醒我的不是闹钟,也不是梦想,而是肚子。不吃早饭,对我来说就是一种灾难。偶尔有几次不吃早饭挤地铁,无一例外,都晕倒在地。有时我严重怀疑自己上辈子肯定是饿死的。

我和王五一的最大矛盾在于,我觉得一天吃四顿饭才完美,而他觉得一天两顿饭正好。

作为一枚吃货和饿货,我的厨艺还是非常不错的。

我从八岁就开始做饭,起初是姥姥告诫我,女孩子一定要会做饭,这样才能照顾好自己和家人。

后来总听别人说,要想抓住一个男人的心,首先要抓住他的胃。我想在这点上我还是很成功的。我的拿手好菜油焖大虾、辣椒炒大肠、红烧带鱼、回锅肉彻底征服了王五一的胃和心。

王五一是一个对吃饭没啥讲究的人,认识我以前,他十一年如一日地只吃回锅肉盖浇饭。他说,自从认识了我,他才知道,原来这个世界上还有那么多美味。然后,他也慢慢地变成一枚吃货,无肉不欢。

不过,对于我大扮贤惠、屡屡展示厨艺的行为,我的闺蜜和家人们都非常不赞同。她们说:"你俩还没结婚,你就开始扮贤惠,这样会把他宠坏的。"

但我觉得能为心爱的人做美味可口的饭菜,然后看他狼吞虎咽地一扫而光,是一件很幸福的事。

07

其实我的贤惠仅限于做饭,我俩分工明确,我做饭,王五一负责洗刷刷。

王五一非常喜欢洗刷刷,至少在我看来是这样。因为他洗碗、洗锅、洗衣服和拖地的时候都非常认真,简直就是一丝不苟。

有一次,他洗我俩的白衬衫,待在厕所洗了整整一下午,把我穿了两年、已经穿成米色的白衬衫愣是洗得雪白雪白的。晾完衣服,我就发现王五一的十根手指又红又肿,还有密密麻麻的红色斑点。

第二天,王五一的十根手指都被我贴上创可贴,特搞笑。

起初他不肯,我安慰他:"放心吧,没人知道你是洗衣服洗的。大家都以为你最近在学弹古筝。"

人家都说,两个人相处久了,吵架是在所难免的。

其实很多时候,我和王五一是吵不起来的。因为我不会骂人,不会说脏话，更不会大声嚷嚷。如果我很生气，要么不说话，憋着生闷气，要么会一脸忧伤地说出一些我自认为很有道理的话。

每每此时，王五一都会哭笑不得地对我说："等等，你刚刚这句话好熟悉，好像一句歌词，又好像某个电视剧的台词。"

就这样，我俩一路走来，跌跌撞撞，结了婚，还有了爱的结晶。

怀孕三个月的时候，我被查出有中耳炎和胆脂瘤。胆脂瘤虽然是良性肿瘤，但它会侵蚀耳骨，进而侵蚀脑颅骨。

因为我在怀孕中，手术打麻药肯定会对孩子有影响，如果生完孩子再做手术，我又有可能会失聪，甚至会有生命危险。

那段时间，我每天晚上都难过伤心得睡不着觉。想象着，生完孩子自己会变聋、变傻、变痴呆，然后，生命垂危。虽然我无比纠结，但还是坚定不移地选择保护孩子。家里人纷纷劝我先做手术，孩子以后再要。

王五一也非常认真严肃地告诉我："无论在任何情况下，你和孩子非要保一个的话，一定要先保全你，孩子以后还能要，你没了，我可咋办？"

可能老天爷怜悯我，一直积德行善，老实巴交，没做过坏事，谢天谢地，最后确诊是外耳道胆脂瘤，动手术没太大问题。为了孩子，我没打麻药，虽然疼得大哭大叫，但老天爷对我已经很仁慈了。

怀胎十月，终于到了孩子呱呱落地的时刻。送我进手术室时，王五一再三叮嘱医生："大夫，要是有啥事，一定要先保大人。"医生莫名其妙地看着他说："小伙子，你电视剧看多了吧。生个孩子，能有啥事啊？"

后来，我妈说，我被推进病房的那一刻，王五一吓得双腿都软了，让他陪产，他却瘫在凳子上死活起不来。

08

孩子出生十天后,王五一等到了梦寐以求的创业机会。虽然我很希望他能陪在身边,但是我也深知,机会来之不易,错过了,可能再等十年也难遇到。为了让孩子和双方父母过得好一点,我选择无条件支持他。

离开北京去珠海的前一天晚上,王五一抱着孩子,对我说:"我明天就走了,以后你得坚强一点,我不在你身边,一定要照顾好自己和咱闺女。"当时我的心里特别难受,一想到相见不知何日,心里的孤单感、恐惧感蜂拥而至。

当着妈妈的面,我只能强颜欢笑。王五一看我有说有笑的,还很失落:"我明天可是真的要走了,你咋一点也不难过呢?还嬉皮笑脸。莫非,当了妈妈后,变坚强了?"

后来妈妈去睡觉,我终于憋不住,眼泪就像断了线的珠子,止不住地流下来。

王五一不停地安慰我:"我不想让你孤单,但也不想让你跟着我受苦。要不我不去了?陪在你和闺女身边。"

"不。"我擦干眼泪,两情若是长久时,又岂在朝朝暮暮。

王五一无奈地看着我:"你啊,哪哪都好,就是矫情了点。"

我一直以为,王五一走后,我会度日如年,非常煎熬,毕竟这些年来,我已经习惯他在我身边。

一个人通宵达旦地带孩子很辛苦,但是也很充实,很快乐。每天陪着孩子一起成长,孩子的一颦一笑,都让我觉得很幸福、很满足。为母则强,我也真的慢慢地积极、乐观、勇敢、坚强起来。

有时我经常想,这个特殊阶段,其实最孤单的是王五一,我有家人和孩子陪伴,而他要独自一人在外地打拼,还要背负那么多的不理解、质疑甚至指责。夜深人静时,也就只有孩子的照片、我的支持和理解,能给他最大的安慰。

  王五一说，不再让我孤单。我想他已经做到了。因为现在我们的女儿无时无刻不陪在我身边，让我不再孤单。最重要的是，我们的女儿，让我不再害怕孤单。

  听别人说，一个人的孤单并不可怕，最可怕的是有了伴侣后的那份孤单。因为，一个人的孤单，是有憧憬；两个人的孤单，是一种绝望。

  亲爱的王五一，谢谢你，这些年来，不再让我孤单。让我们一起走到地老天荒，直至生命的尽头。

  锦瑟年华谁与度？有你，即便沧海桑田，也是岁月安好。

岁月它不会辜负你

爱情老死了,你还没有来

文／大牙秦

故事的最终,爱情没有输给你,没有输给他,却输给了一个又一个漫长的天黑;输给了一个又一个想你的夜里,没有你陪。

01

马桶再一次堵了。整个屋子里都散发出恶臭的时候,丁香在客厅里哭了起来。丁香说,她是在那一刻想要给我打一个电话。

而那时候恰逢深夜,我好梦正酣,手机同以往一样开了静音。

后来丁香给我讲起的时候,我可以想到那个寂静的夜里,她赤着脚从她爱情的开始想到最后,她打了电话给陆,然后很清晰地告诉陆,她坚持不下去了。

这场长达六年的感情还没能熬到第七个年头,终于灯枯油尽了。

灯枯油尽是丁香的原话,她端了一杯咖啡,眼神飘忽不定,随后叹了一口气开口道:"等待让我的爱情灯枯油尽。"

我不知道丁香说出这句话时是怎样的心情,可是我听的时候,觉得很难过。

02

丁香从前是那么爱哭的一个人,可是到了我真正觉得她应该歇斯底里哭一场的时候,她反而一滴泪都没有落下。

丁香穿着格子裙和一双黑色的英伦风深口粗跟高跟鞋走出了咖啡厅。

我很懊恼自己没能接到丁香那通最无助、最绝望的电话,但内心深处也很庆幸没能接通。

我不知道如何安慰丁香，从玻璃窗那里看到丁香走了好远，然后她停下来，抬头看一棵枝丫繁盛的梧桐树，样子很安静。我忽然很想哭。

我开始回忆丁香和陆琐碎的爱情，再开始深入地分析那么相爱的两个人为什么熬过了六年，却熬不过下一年。

后来，我脑海里轰隆隆响起的只有丁香很平静的一句话——等待让我的爱情灯枯油尽。

丁香和陆这场长达六年的异地恋，曾经被我视为神迹，而终于在这漫长得看不到前路的时光里，消耗殆尽。

03

我依旧记得，那天丁香穿着合身的小西服，打一场声势浩大的辩论赛，陆恰好来我们学校玩，更恰好兴致勃勃地听了那场辩论赛。

世间所有的纠葛大致都是这样无数个恰好缠绕而成。

陆是另外一所高校的十佳辩手，那一场辩论赛，丁香打得意气风发，她成功地让对手的逻辑混成一团乱麻，而就在场内提问答辩的环节，丁香像是散功了一样，被能言善辩的陆提问得哑口无言。

也就是这样一个在我看来唇枪舌剑、火花四射的辩论赛上，陆和丁香成功地燃起了惺惺相惜的小火苗。

丁香做事向来风风火火，主持宣布辩论赛结束之后，丁香就蹿到台上用话筒大声叫了起来："哎哎，那位同学，我们可以再深入地讨论一下刚刚的辩题吗？"

"深入"这个词用得惟妙惟肖，直接就把她深入到了大庭广众秀恩爱一族之中。

丁香空间内上演各种花样秀恩爱，而我这只单身狗只能看着愤恨不已，一边羡慕着，一边咒骂着"秀恩爱，分得快"。

如你所见，事态远远不像我所希望的那样发展，丁香的恩爱一直绵延了六年，至少在我这个局外人看来是这样的。

04

我们共同的好朋友经历了三次分分合合之后，果断选择和异地的男朋友分手。此后，我也开始为丁香的爱情担忧起来。

刚经历分手的朋友思想颇为偏激，她大肆宣扬着"距离产生的不是美而是小三"。她哭得鼻涕一把泪一把，咒骂着她分不清是叫小芳还是小红的小三。丁香看着她的样子，也开始担忧她这一段前途未卜的爱情是否真的能走到最后。

那个时候我们大三，丁香爱情中的热潮已经消失了大半，他们开始一周打一次电话，由最初的一个月花二十个小时坐着轰隆隆的火车见一面，到半年见一面，再到彼此忙碌，偶尔视频一次匆匆说晚安。

Z市迎来了第一场大雪，我和丁香翻过窗台站在阳台上看雪花一片片掉下来，丁香忽然回头问我："你相信我和陆的感情能走到最后吗？"

我笑着把她的头发别在耳朵后，我说："你别瞎想，你们肯定能的。"

她忽然就笑了，是那种如释重负的笑。我想，她肯定是特别需要一个人站在她面前对她说："走下去吧，总会有希望的。"

那场大雪给丁香带来了一份"大礼"，丁香下楼梯的时候摔了下来，小腿骨折。

05

丁香在第二天给陆打了电话，带着很浓重的哭腔，陆在电话那边问她怎么了，她只是哭，一句话也不说，最后的时候，才轻轻说了一句："我一切都好，只是很想你。"

坐在一边为丁香削苹果的我，眼睛忽然就酸涩起来了。

谁都没想到陆会坐飞机赶过来，丁香在早上对陆说了一句"我想你"，陆在黄昏解了丁香的相思苦。

我不知道还有什么可以诠释爱情这个名词，我这个局外人感动得稀里哗啦，一时之间竟然忘记了我还充当了电灯泡。

他们抱在一起，我听到丁香很大声地哭，然后陆低声安慰丁香："没事，没事了，我这不是在这儿了吗？"

那个黄昏我记得特别清晰，他们躺在一张床上，陆把脸冲向丁香，低声为丁香念着一篇杂志，我听到他特意改了那篇文章的结局，他声音低沉地对丁香说："你看，该幸福的人总是会幸福的。"

而我很清晰地记着那个故事的结局是，男女主老死不相往来。

好不容易消停下来的秀恩爱活动又开始死灰复燃，我每每刷动态都能看到丁香和陆的各种互动。无外乎"我们会一起幸福到老"。

"是呀，我们会熬过一个年头又一个年头，从青春年少到白发苍苍，你等我。"

"我会等你，一直等下去。"

06

丁香确实一直在等陆，大学毕业之后两个人约定一起在 Z 市发展，丁香被一家不大不小的公司录取了之后，买了一张去 B 市的机票，连夜赶去 B 市。

后来丁香回来漫不经心地给我讲起这一路发生的故事，我才发现丁香为了她的爱情已经变得无所畏惧,勇往直前。

丁香是个路痴,这四年来从来都是陆千里迢迢来Z市找丁香,如果丁香去B市,陆一定会提前很久就等在车站。

而这次丁香想要给陆一个惊喜的冲动,使她忘记了她是个路痴这个尴尬的事实。丁香一厢情愿地以为自己站在陆面前会给陆一个大惊喜,可是当她真正站在陆面前的时候,陆生气了。丁香说,她从来没有见陆发过那么大的脾气。

陆气得脸色都发白了,眼睛特别红。丁香站在他楼下红着眼睛,低着头不肯说话,最后陆冲了上来,紧紧抱着丁香,他把丁香抱得紧紧的,他说:"丁香,你为什么不给我打电话?你在这里人生地不熟的,丢了怎么办?你那么傻那么蠢,遇到坏人怎么办?"

丁香想了想,还是选择没有告诉他,她在路上确实遇到了一点意外。

后来丁香告诉我,当时出租车司机把她扔在四环,黑漆漆的夜里没有车,有位大叔问她要不要坐车,她说不坐,大叔依旧不依不饶,她很害怕,然后就不知道往哪个方向地跑呀跑。

丁香说到这里的时候,忽然看向我说:"我跑的时候就在想,再快点,再快点,不然我连陆最后一面都见不到了。你知道我八百米永远是最后一名的,可是,那个夜里,我却跑得飞快。我想,可能这辈子我也只会为这么一个人跑这么远,不要命地跑下去了。"

那次探望陆的旅行,丁香带回来了一份陆的保证,陆说,只要丁香等他三年,等他在B市的总部立足,三年之内一定申请调到Z市的分部。

丁香说,她很不开心,可是她依旧愿意等下去。已经四年了,只要能在一起,再等上三年又有什么了不起。

07

第一年，丁香生了一场大病，陆手上有一个放不下的案子，陆每天给丁香打电话，陆会在电话里哭，听到陆的哭声丁香也哭，然后他们两个就哭来哭去，一个月花掉了三百多块电话费。

丁香说，她从来没有听过一个男人哭得这样撕心裂肺。她说，她还有爱情，她可以撑起在 Z 市的一片天。

在那之后，丁香学会了健康饮食，定时运动。丁香报了健身班，每天大汗淋漓地回家，她对自己说，要有一个健康的不让陆担心的身体。

丁香的房间里放了一本很大的倒计时的台历，她一页一页地撕掉，她在每个想念陆的深夜里对自己说，你看，第二天又来了，又近了一天。

丁香对我说起这些的时候总是含着笑的，可我却总是很想哭，我觉得丁香很苦，可是丁香却乐此不疲，她对我说一切关于未来的梦，她说，他们会有一个很温暖的家。

第二年，丁香痛经痛得昏过去，我赶过去的时候，丁香身上盖的一条毯子像是被水浸了一样的湿。她抓着我的手说："我喜欢吃冰，以前他总是会在我月经之前一星期告诉我不能碰凉的，可是他现在好久都没和我打过电话了。"

此后，丁香学会了在家里备着止痛药，下载了一个经期提醒的 app，提前一周提醒。

再后来，丁香住在一个人租的房子里，学会了捏着鼻子通马桶，捂着痛得难忍的肚子爬起来为自己煮面；学会了哭了之后洗洗脸，好像所有脆弱都是幻觉。

再到后来的那个深夜，丁香被再次罢工的马桶搞得彻底崩溃了，好像是这些年里所受的所有孤独与寂寞、委屈与痛苦又重新经历了一遍。在那个寂静的夜里，丁香哭了很久，她一个人想了很多很多，最终做出了自己都难以相信的决定——分手。

08

陆终于来到了Z市，彼时，丁香已经离开Z市整整一周了。

我带着陆去看丁香租的房子，房子里放了他们为数不多的照片，放大了挂在小小的房间里的每一个角落。

我们一起走进丁香的卧室，桌子上还放着那个很大的倒计时台历，那里翻到了363的倒计时，画了一个笑脸，写了很小的一行字，我眯着眼睛看了很久才分辨出那歪歪扭扭的字迹——快了快了，陆就要来了，丁香加油。

然后陆忽然就哭了，陆哭的时候眼睛特别红，我几乎可以想象出，丁香是以怎样欢愉的姿态嘚瑟地写出这一行字，她一定是咬着笔杆想象着无数次她曾经想着的未来，然后笑得嘴角绽放两个酒窝，再欢快地写下这一行字。

陆说："那天晚上，我给她打了电话，总部要进行一个大案子，我要在那边负责到完结才能来Z市，差不多要两年。"

怪不得丁香会那么难过。

一次次的等待，归期将近时，忽然有个人告诉你，你的等待都白费了，一切要归零重新开始。

这样无穷等待着的生活，只是想想都觉得可怕。

陆走了，留下了一句"对不起"。

我问陆："如果等两年那个案子完结了，你真的会来Z市吗？"

陆看了看我，没说话。

陆踏上火车的时候，我的眼泪哗啦啦地落了下来，我看着这段感情开始，也看着它结束。

陆说，他想再坐一次火车，怀念或者祭奠这一份他一辈子都不会忘记的感情。他想看一看火车上是不是还有当年那个自己，他一定会告诉那个人，不要让你爱的人等你到天黑。

09

陆回B市第二天，我打电话给丁香，我对丁香说："你回来吧，陆走了。"

丁香坐了三个小时的大巴从乡下老家回来，我们一起坐在沙发上看电影。

我问丁香："你还爱陆吗？"

丁香说："爱。"

"那为什么不在一起？"

"我对你说过很多遍，这份爱情在等待中灯枯油尽，我已经撑不到明天了，我真的没有力气等他一年又一年。我看不到未来，我已经找不到借口再等下去。"

又过了三年，陆在B市结婚，丁香在Z市看雪，丁香给已经在南方的我打电话，她的声音很清淡，她说："我会得到幸福吗？"

我说："会。"

丁香很快地笑了一声，然后挂掉了电话。我忽然想到了大三的冬天，丁香回头很认真地望着我问："你说我和陆的感情能走到最后吗？"

我曾经无数次想过，如果陆再坚持一点点，是不是丁香就会回心转意？或者那个深夜里，丁香的马桶没有再次抽风，是不是他们的爱情已经可以画上圆满的句点？可是这一切都已经没有意义了。

丁香六年的等待不及陆认识一年的办公室女孩。

陆六年的所谓拼搏也抵不过半夜忽然抽风的马桶。

他们的爱情，终究是输给了时间。

故事的最终，爱情没有输给你，没有输给他，却输给了一个又一个漫长的天黑；输给了一个又一个想你的夜里，没有你陪。

岁 月 它 不 会 辜 负 你

从前从前，有个人爱我很久

文/不念长安

> 我只知道，在那个美好的年代里，有个很好的男孩爱过我。那些我形单影只的日子，他曾陪伴在我身边的温暖会支撑我，在遇到下一段爱情时，顶风前行。

01

遇见他那天，我十分落魄。情场失意，刚和前男友大吵一架，我把出租房里的东西能摔的都摔了。可能是为了维持自己仅有的自尊，我当着他的面，对天发誓老死不相往来，拖着行李箱，为了证明自己的决心，出去的时候，把门摔得震天响。

工作也不顺心，和笑里藏刀的同事撕破脸，闹到了领导面前，我显然没她道行高，明明是她的错，写检讨书的却是我。我争得有些力竭，三两句不和我甩手走人，工作也丢了。

出大厦的时候，正值下班点，魔都出现了第二波人潮，人人手上拿着公文包，像人口大迁移。我浑浑噩噩地走着，跟着大部队到地铁口，看着汹涌的人潮，孤独感如潮水般灭顶袭来，我突然就走不动了，俯身蹲下来，双手抱臂，像个孩子般号啕大哭。

他就是在那时候出现在我眼前的。

那段时间他境遇也不好，浑身上下透着一股颓废劲，和三两个朋友勾肩搭背，晃悠到我面前，也不管周围人的指指点点，很自然地撩起我的额头，略显醉意地说："别在人多的地方哭，丢人。"我泪眼蒙眬地看着他，确定我小半人生中没出现过这号人，觉得这人有病，爱多管闲事。我一把拍开他的手，说："关你屁事！"明明用恶狠狠的语气说出口的，中途抽噎了一下，说出来的时候气势不足，调调转了个弯，显得有些滑稽。他和他朋友都笑了。

我仍然倔强:"笑屁！"那天老天好像故意跟我作对，我接着打了个嗝，响声巨大，他们笑得更大声了。

后来我浑浑噩噩地跟他回到了他家，其实那不能称作家，只是个简陋的出租房，里面一团糟。他也不尴尬，手指胡乱一指，床还勉强看得过去，他说:"你随意坐。"转身就给我开了一瓶冰啤。

我们把他堆得满是外卖盒子的桌子简单收拾了下，就着他从冰箱里拿出来的不知道过没过期的小菜，开了一瓶又一瓶啤酒。我絮絮叨叨地对这个只认识了一天的陌生人说了很多，说到最后舌头都大了，反反复复念叨着"我还是好喜欢他""我上司是个大傻瓜"之类的话，然后趴在桌子上不省人事。

我醒来的时候，身上盖了一张薄毯，头痛欲裂。一转头看见了睡在沙发上的他。他蜷缩着，身上零散地搭了几件衣服，他似乎睡得不安稳，眉头紧蹙，像是在挣扎，就在翻身的工夫，他果然从沙发上掉了下来，然后就醒了。我很不厚道地笑出声，就对上他睡眼惺忪的眼眸。

有些人仿佛天生气场相合，我们俩就这么彼此一望，竟然有种落魄后同病相怜的感觉。直到后来他成了我男朋友，回忆起这一幕，他打趣说:"我当初被眼屎糊住了，竟然看上了蓬头垢面的你。"我回击他说:"我才是被猪油蒙了心，稀里糊涂地被猥琐大叔给拐回家了。"他也不恼，抱住我，胡子拉碴的下巴抵住我的额头，说他爱我。

02

最落魄的时候，我们都没有工作，也不着急。那时候我们没考虑过未来，得过且过。魔都的夜晚最迷人，我们去超市买了两扎啤酒，他不知从哪里搞来一辆重型摩托，把啤酒固定好，利落地翻上摩托，一只脚点地，自认为很帅气地掀开头盔,嘴角刁一根烟,嬉皮笑脸地学着街头小流氓的样子,要我上车。

那段时间《甄嬛传》风靡大陆,蔡少芬的表情几乎成了人人手机里的必备表情。我玩心大起,学着她的表情说"臣妾做不到啊!"他哈哈大笑,把烟一扔,下车一把捉住我,抱我上车。

我坐在后座,双手从后面抱住他,耳边是激荡的夜风。我突然想起早些年看过的电影,舒淇和张震主演的《最好的时光》,影片播放到第三幕,也是同样的场景,只不过后座的舒淇面无表情,无言的悲壮,而我们之间没有第三者,天大地大只有我们。

那一瞬间,幸福感爆棚,我在后座大声问他:"看过影片《最好的时光》吗?"怕他不知道,又补了一句,"舒淇和张震主演的。"

他也迎着风大声回答我:"没看过。"我笑着骂他文盲。

我以为我们会一直幸福下去,没想到我期待的幸福真的是以为而已。

我们把车开到了东方明珠,隔着护栏看浦江两岸的风景,去的那天刚好赶上烟火会,无数的星火在天穹炸开,美到让人窒息。我闭着眼睛许愿,睁开眼时,他有点哭笑不得地看着我:"又不是流星。"我回嘴:"我偏要。"还逼着他也许了愿。

肩并肩步行到滨江大道,我问他许了什么愿。他不说,我就追赶着他,笑闹了一阵,也拉开了些距离,他停下来在原地等我,待我走到他身边,他跟我说:"希望我们一直走下去。"

我学上帝老头样儿,在他额头上画下十字,双手交叠,说:"上帝会祝福你的。"

他笑了笑,拉着我的手,认真地吻了吻我的脸颊。

03

  我们的性格几乎南辕北辙，很难有共同的兴趣爱好。我好强，看似孱弱的外表下有一颗不服输的心。他和我恰恰相反，不是他的错也不辩驳，特能忍。

  有一天我们去买水果，老城一带的夜市人头攒动，走在那里像是在走迷宫，他紧紧拉着我的手，生怕我被挤散了。一路行来，买了好多零嘴，后来买完水果结账，小摊贩趁着人多，找零的时候少给了。直到我们走了一段路，掏钱打算买其他东西的时候才发现数额不对。我执意拖着他回去找卖水果的小贩，水果贩子认为我们坑他，我得理不服输，声音越拔越高，他在我咄咄逼人的气势下偃旗息鼓，低低骂了声"晦气"，把钱如数退还。

  返程的路上我颇有点得意，他欲言又止地看着我："为了这么点钱，何必呢？"我当场生气，觉得他不帮我就算了，还不体谅我，直接甩开他的手，赌气跑开了。

  我跑到一条逼仄的小巷，从旮旯里看着他追赶的身影从我面前晃过，铁了心不让他找到我，看着他探头探脑寻找我的身影，有种报复式的快感。直到后来我眼睁睁地看着他走远了，阴暗的巷子让我想起以前看过的恐怖片，那种从心尖冒出的寒意让我尖叫出声，边跑边回头。才出巷子，就被他一把抱住，他脸上的担心快要溢出来。

  他什么都没问，直接背起我。我看见路灯把我们的身影拉到好长，像是走过了这一生。

  他拍着我的背，轻轻对我说："别怕，我们回家！"

  他知道我怕黑，以前和他在一起，我喜欢人来疯，常对他说些疯言疯语，无意间提到过小时候因为看鬼片，有一段时间不敢一个人睡，睡觉必开灯，长大后也适应不了。没想到那么久以前说过的话，他都还记得。

  我趴在他背上，只觉得这个男生挺好的。

04

我们也有默契的时候，双休日我们在家，他去厨房做饭。那时候我窝在沙发上，沙发是从二手市场淘来的，蹭破了皮，好在是真皮，倒也觉得赚了。那是我们房间里唯一的一件贵重家具，冬天的时候我喜欢窝在那里看电视，等他做好饭，把桌子拖过来，我们俩就着西红柿鸡蛋汤和莴苣肉片吃过饭，碗也不洗，直接聊开了。

冬天特别冷的时候，屋子里暖气开得足，仍然觉得冷。他把我冰凉的脚捂在怀里，坏心起的时候，会挠我痒痒，先投降的往往是我。他不依，直到我窝在他怀里讨饶，他才放过我。那时候的我们是那么快乐，尽管也喜欢为鸡毛蒜皮的小事争吵不断，至少我从没想过分开。

05

和他在一起，才发现自己原来是那么糟糕。

挥霍了一段时间，我试着找工作，但老是不顺心，不是岗位已满就是要换岗，可我亲眼看见一个在我后面面试的女生成功应聘了我求职的岗位，我气势汹汹地找 HR 理论，他好整以暇地看着我："她豁得出去，你能吗？"我一刹那脸色苍白，看那女孩在一旁满不在乎地剔指甲，艳丽的大红灼伤了我的眼，我几乎一路逃着出了大厦。

拖着疲惫的身子回到家，他做好饭等我。我心情是前所未有的糟糕，看谁都不顺眼，看着他像往常一样灿烂的笑容，却觉得刺眼，没有迎合他。闷闷地嚼了两口，挑剔他做的饭难吃，嘲讽他穿着围裙的模样像小丑，然后把筷子一放，将自己反锁在卧室，任凭他怎么叫门我都不开。

他似是有所察觉，开口问我："你是不是觉得我特别没用！"随后像是一声漫长的叹息。

他的话让我觉得特别难过,可又什么都不想说,我把电脑音响开到最大,音乐声乍然想起,覆盖了他在外面说的话。

我开门的时候,他已经趴在桌子上睡着了,用手支着脑袋,小鸡啄米般,头一点一点的。我轻手轻脚走到他身边,久久凝视着这张脸,觉得上天还真优待他,明明在一起好几年了,他还像我初见的模样——白衣少年。他醒过来的时候乍然看见我,被吓了一跳,问我在做什么。我语气酸溜溜地说:"嫉妒你比我美。"他"扑哧"一声笑开了,用手抚摸我的脸,说他不嫌弃我。

气氛就这样被这句调侃打破,他紧紧抱着我,我在他怀里,像一滴融入松脂的泪。他最后什么也没问,只是一个劲儿地对我说,我们一定会好起来的。

06

有好多次都是这样,明明是我的错,他跟小媳妇似的立在我身侧,恳求我原谅,可我抑制不住自己,用冷战无声地拒绝他的道歉,也是在跟自己生气,都不知道自己在气什么。

有一次我们闹得特别凶,他低声下气地追问我,他做错了什么。我说了一句特别伤人的话,我说:"就看不惯你那浪荡漂泊没出息的劲儿。"这句话出口之后,我都震惊了,我不知道自己怎么变成了这样,连自己都讨厌。他破天荒地缄默不语,窝在一旁默默抽烟,我嗫嚅嘴唇想道歉,可张了张嘴,最终什么也没说。

以前常听人说,爱得越深,伤得就越深。我以前没能懂,现在看着他一根接一根地抽着烟，心像被剜了一个口，血淋淋地痛。后来我们不知道谁先原谅的谁，只知道，从那以后，我们说话做事如履薄冰，生怕触动了什么。

那时候我才知道，我们之间好像有些东西，真的回不去了。

07

他找了份工作，具体做什么他没说，只告诉我月薪过五千，那对我们来说是笔不小的数目。那时距离我们冷战已经有十来天，他兴冲冲地告诉我，我看他手舞足蹈得像个大孩子，心里发酸，但也由衷为他高兴。

我们去西餐厅吃了大餐，返程的时候我们决定步行回家，他买了一桶爆米花，路过卖棉花糖的摊子，他也买了一个来讨好我。后来在捏泥人的老爷爷那里，我们要了一对情侣泥人。我们一个姿势定格了好久，没想到最后出了点意外，塑造泥人的黏土不够了，开了一罐新的，以我为模子的泥像用新开的黏土糅合，握住模样是他的小泥人的手，总觉得姿势很别扭，像是缺了点什么。

我捧在手里，仔细地看，很是嫌弃地说，好丑好丑。他捏了捏我的鼻头，告诉我，即使丑他也喜欢。

08

那时我也找了一份工作，是我喜欢的。我天真地以为我们会好起来。

那天下班早，我带了他喜欢的鸡肉生煎馒头，去他告诉我的公司地址看他，没找到公司地址，在路人的指引下七拐八拐，就那么猝不及防地看见了他。他点头哈腰的，手上拿了份文件，像是在求人，别人没看他，绕过他就走了，不小心撞到他手上的文件，A4纸散了一地。我提着食盒看着他慌慌张张地捡起来，和他分享美食的欲望一下子被浇灭，明明在那儿的不是我，我却感觉特别委屈。

他回到家的时候已经接近凌晨，开灯的时候被吓了一跳，以往那个点儿我都睡了，那天却没有。

他问我怎么还不睡，我勉强扯开嘴笑笑，说买了你最喜欢的小吃，等着你一起。他幸福地拆开食盒，狼吞虎咽。我突然开口道："我今天看见你了。"看见他诧异地转向我的眼，继续说，"就在你公司门口。"

他的动作仿佛被定格，我自顾自地说着："以后别去上班了。"

话音刚落，他像只炸毛的猫，满眼都是不可置信，说出来的话仿佛积怨已久，他质问我："你是不是嫌我丢人？"

这是我们在一起这么久以来，他第一次凶我。明明我是在心疼他，他却不懂，还伤我。我脾气一犟，也赌气说："你才知道我嫌你丢人。"

直到他跌跌撞撞地跑出去，关了门，我号啕大哭，又觉得回到当初我和他相识，那种被全世界遗弃的绝望感涌向了我。

我伏在桌子旁等了他一夜，给自己设了一个奇怪的赌局：只要他能在天亮回来，我就原谅他。可惜直到天光大亮，他都没回来。我知道，我们的爱情走到了尽头。

09

分手那天，他把我们一同经历过的东西仔细打包，比如电影票的票根，比如记满我喜欢的东西的小本子，还比如我们手拉手在一起的泥娃娃。我说："我们都分开了你还留这些干吗？"他笑笑没有说话，我最后也没有去车站送他。

和他分开好久好久以后，我始终都在想，如果我当初解释一句，结局会不会变得不一样？可惜没有如果，错过便是错过了。

有些人有些事，当时的自己太年轻，不懂，都要经历过才刻骨铭心。

我只知道，在那个美好的年代里，有个很好的男孩爱过我。

那些我形单影只的日子，他曾陪伴在我身边的温暖会支撑我，在遇到下一段爱情时，顶风前行。

岁 月 它 不 会 辜 负 你

对不起，爱上你的时候我还不够好

文／大牙秦

年轻时的喜欢好像也总是来得特别容易，因为她的眼睛笑起来弯弯的，因为她说话软软的，因为她的头发长长的，因为她带过去的风香香的。后来，她便因为这些简单的理由，嚣张跋扈地在你的世界里攻城略地，长成一棵能够钻天透地的大树，屹立不倒。

01

三年后，陈念对向北说了分手。

向北在被分手的那个深夜里，在明晃晃的街头哭得泣不成声。他抱着路灯吐了一番，说了这样一段声情并茂、痛心疾首的台词：

"曾经有一份真挚的爱情放在我面前，我没有珍惜；等失去的时候我才后悔莫及。人世间最痛苦的事莫过于此。如果上天能够给我一个再来一次的机会，我会对那个女孩说三个字：我爱你。如果非要在这份爱上加上一个期限，我希望是……一万年。"

他们两个共同的好朋友曾经转述这些话给陈念，可当时，她真的对向北失望透顶，疲惫得连一丁点儿想要挽留的气力都没有了。

她在黑漆漆的夜里，叹息着说了一句"算了吧"，然后关机。

02

在成人礼那天，陈念结识了向北。

那天，几个朋友呼喝着来给陈念过生日，他们拉着陈念去唱歌，去酒吧，在大广场那里随性地四仰八叉地仰望天空。

天色是沉甸甸的暗蓝，不时有飞鸟掠过头顶。

那一刻，陈念心中忽然有一份悸动。踏入十八岁，有了莫名其妙的兴奋，以及若有所失的迷惘。她甚至还没有做好准备，命运就已经要把她推到一个完全陌生的领域。

向北溜旱冰,大概是晃了神,失去控制地向陈念的方向撞去,最后两个人都倒在地上。

陈念被几个朋友扶起来,向北却躺在地上哼哼唧唧,一副疼痛难忍的样子,可怜巴巴地望着她。

她忽然就笑了,觉得这便是命运了。

她那么乖巧的人,对老师家长唯命是从,虽说有不少男同学争相向她献殷勤,其中不乏她暗暗欣赏的,可都被她一口拒绝了。

就在她眨着好奇的眼睛站在十八岁的路口时,向北就这样毫无预兆地撞进她的生命里。

她伸出手,把向北拽起来。

一群人就这样莫名其妙地哈哈大笑起来,像是有什么了不得的有意思的事情一般,怎么都停不下来。

那时的快乐,如此简单。因为你四仰八叉地跌倒,因为狗追着尾巴乱跑,因为风吹过鼻尖痒痒的,因为你的眼睛忽然开始闪烁着光点……

笑容那么灿烂,我们也那么幸福。

03

向北的伤其实有些小严重——脚板骨裂。

把向北送往医院时,他一副慷慨赴死的模样又把大家逗得哈哈大笑,过了好久,陈念不知道为何抬起手来,像是对待小朋友一样揉揉他的头发,温柔地在他的耳畔说:"别怕,我们都在这里呢。"

他猛地抬起头,看着这女生带着细碎温柔的眼睛发愣。

年轻时的喜欢好像也总是来得特别容易,因为她的眼睛笑起来弯弯的，因为她说话软软的，因为她的头发长长的，因为她带过去的风香香的。后来，她便因为这些简单的理由，嚣张跋扈地在你的世界里攻城略地，长成一棵能够钻天透地的大树，屹立不倒。

向北喜欢上陈念，大概就是她呵气如兰地在他耳畔的那句"别怕"，以及她低下头来，眼睛里猝不及防的细碎温柔。

04

他们很快熟识起来。向北的家里也吵闹起来，他们那一群人常常带了水果、零食，打着探望他的名义，来以公谋私地霸占他的游戏机。而陈念便温柔地坐在向北的床上，低着头为他削水果。

不知道是大家刻意为两个人制造机会还是为何，后来，向北回想到这里，无数次感激过他的游戏机，能够给两个人这样安静的时光，安静地相望。

陈念话不多，大多数情况下便听向北絮絮叨叨地吹牛皮，她也从来不拆穿他拙劣的谎言，有时候还会感叹两声，向北得意起来，便同她讲更多的话。

陈念一边听一边轻轻抿着嘴巴笑，她其实很喜欢听他讲话，有时候，恍惚觉得两个人应该是注定如此的。他爱讲话，她也爱听他讲话，这样一辈子，倒也松松快快地过去了。

她想到这里，自己都会被吓一跳。

可那又有什么办法，轻易动了的那颗心，好像并没有很容易就能被收回来，反而是一天比一天有更加喜欢的趋势。

如果喜欢是一种病的话，那陈念非但无药可救，还以极快的速度发展到病入膏肓的程度。

05

临近开学，向北告白，陈念脱单。

很多朋友都对此咂舌不已，说陈念太仓促了；说大学里面两条腿的帅哥多了去，怎么就把自己这么唐突地交了出去；说向北和她是异地恋，念的大学又不及她好，怎么都觉得两个人不会长久。

而陈念却只是笑。

没有人比她更清楚，她做的这个决定是不是唐突。

在发觉对向北动心之后，陈念度过了无数个无眠的深夜，她反复地思考，两个人会不会有未来，所有能想过的她都考虑过，这段感情里所有的风险，她都明白，可她想清楚一切之后，却依然想要和他在一起。

那就在一起吧。她这样想着，便有了一副坚毅的姿态，对所有的反对都充耳不闻，只是坚持着她那一颗为了他剧烈跳动的心。

她很幸福。

一个人的时候，她曾经无数次想象过生命里会出现一个人，那个人是她在大雨滂沱里想起的雨伞，是她在寒冬腊月里想起的太阳，是她在无助寂寞时想起的会笑的眼睛。

那个人出现了，陈念便觉得生命里好像已经不再有什么不圆满。

06

他们常常打很久的电话。舍友闹腾到十二点多大都休息，她便拿着手机偷偷到阳台上继续听他讲一些有的没的。夏天温热的风吹过她光洁的小腿，听着他的声音，她觉得这已经是永远了。

大概是参加一些社团活动之后，两个人的电话来往便没有那么频繁。

有时候，她打电话给向北，他依旧会讲很多话，却开始有了说到尽头的时候，然后两个人便是长长的、尴尬的沉默。

只是有一次，他们又处于这样的沉默当中，电话那边忽然传来了女生的声音，那个女生问："哎哟，向北躲在这里是跟女朋友打电话吗？"

她想要知道向北的反应，却只听到向北急匆匆的一句"回头打给你"，然后电话便被匆忙挂掉。

那是她第一次感觉到心凉，她止不住地好奇向北和那个女生是什么关系，向北，他喜欢上别的人了吗？

她觉得心慌急了，便又做了决定，她要去向北的城市看一看。

在一起那么久，她还从来没有去向北生活的城市看一眼。

07

陈念坐了二十个小时的火车，头疼得厉害，却怎么都睡不着。

站在陌生的街头，人流在身边穿梭，时不时有人吆喝着让她让一让，又是这样一个孤独又寂寞的时刻，她颤抖着手给向北打电话。

她说："我在火车站，你来接我吧。"

她这样说的时候，眼泪已经掉下来，那一刻，她也觉得自己矫情得可怕，可没有缘由，她就是有一股子多愁善感，杞人忧天。

所幸，向北听到她声音时的反应是惊喜的。要不然，她可能会转身坐上轰隆隆的火车逃回自己的城市。

他逃了课，来接她。

刚看到她，就把她搂进怀里。陈念因为喜悦，因为后怕，又是止不住地掉眼泪，这场她自导自演的矛盾，终于被向北这样一个温柔的拥抱融化掉。

她待了三天，他带她转遍了那个城市的大街小巷，最后依依不舍地送她到火车站。

08

向北认了自己部门的一个小个子女生做妹妹。妹妹从来不叫向北哥哥，一口一个阿北叫得亲热。

其实，所有的复杂男女关系大都从自以为纯洁无比的哥哥姐姐妹妹弟弟开始，尤其是某一个人的接近本身就带着难以告人的秘密。

向北那个妹妹是喜欢向北的。

不需要刻意寻找什么蛛丝马迹，陈念作为女朋友的直觉便能够宣判一切。

那个妹妹经常在他空间里留很多漫无边际的话，陈念每每翻到都觉得触目惊心，怀揣着小心思旁敲侧击时，还被向北一副不耐烦的态度打回来。

这期间，陈念无数次觉得很难过，甚至累极了的时候，分手这个念头也猛然蹦出来过，光是想一想，陈念就难过得要死。

那段时间，两个人无数次地吵架，和好，再吵架。甚至到了陈念接到向北的电话就开始害怕的程度。

她害怕向北会忽然提出分手，她甚至想要捂紧耳朵，把向北完完全全赶出自己的生活，哪怕这只是一时的逃避。

陈念不知道自己怎么浑浑噩噩地熬到了大三的实习。

回想起来，好像两个人的美好回忆只剩下热恋期的那一段小甜蜜，其余的，都是被她自动忽略掉的无数次的争吵、哭泣。

09

她实习前，又去了向北的学校。

这次,是向北的那个妹妹接的陈念。

两个人坐在出租车里,彼此无言,走了很长一段路,陈念昏昏欲睡,那个妹妹忽然开口:"你知道我是喜欢向北的吧?见到他第一眼我就喜欢。如果是我先遇见他,那一切都会不一样吧。"

陈念看她,却不回答。她只是在想,如果不是她遇见他,那么一切一定是不一样的。也许,她会遇见另外一个很喜欢的人,却没有第三者把他们的爱情搅得鸡飞狗跳。如果能够晚一点点,他们三个人,大概都会很幸福。

见陈念没有应答,那个小个子女生胆子便更加大了起来。

她对陈念说:"向北绝对也是喜欢我的,他看我的眼神不一样,他这样拖着,大概是不忍心辜负你。我们三个都很痛苦,所以,只要有一个人愿意退出就好了。我这样站在他旁边小心翼翼地喜欢他三年了,我真的很喜欢很喜欢他,他也是喜欢我的。"

陈念望着她的眼睛,叹气说:"好。"

然后拿起手机给向北打电话,语气严肃却疲惫:"向北,我想和你心平气和最后谈一次你妹妹的事情。如果我说,她和我,你只能选择一个,你选谁?"

向北又开始发火,大力地关掉手机。

陈念拎起包,叫出租车师傅靠边停下,然后开车门,离开,打了相反方向的出租车。她看着窗外,因为向北,她已经对这个城市再熟悉不过,像是自己也在这里生活了很多年一样。

红绿灯口,有男生紧紧拉着女生的手。陈念看得眼泪大颗大颗地往下掉,出租车师傅满脸八卦地感叹:"失恋了吧……"

就这样结束了吗?就这样结束了吧!真的只能这样结束了啊。

是向北太贪心,一个女生小心翼翼地喜欢他三年,既然有勇气在陈念面前讲起,自然就不会在他面前天衣无缝地默默喜欢。

既然他谁都不愿意放弃，那她就为他做选择好了。

10

说也好笑，当初很多人惋惜她匆匆忙忙选择他，如今，却还是那群人惋惜她就这样放弃他。

后来，向北来找过她很多次，她只是远远地躲着，然后他便离开了。

之后，她也有谈新的男朋友。

再次见到向北时，两个人都已经工作，她正在为男友没有足够的钱付首付头疼，向北坐在远远的地方，冲着陈念挥手。

她忽然就有些怀念，曾经那样简单的自己，简单地爱上，简单地在一起，然后简单地分开。而现在，好像明明只是自己的感情，却牵扯进来越来越多无关紧要的人。

她离开的时候，经过向北的桌子，向北正在对前来搭讪的女生说："我已经告诉你很多次了，我有女朋友，我很爱她。"

那一刻，陈念不知道是想哭还是想笑。

她曾深爱的男孩，终于长大了，可她也不在他身边了。

她走出咖啡厅，一股风灌进来，男友从远处跑过来，把自己的风衣脱下来裹在她身上，向北在她身后叫她。

他说："对不起，爱上你的时候我还不够好。当我终于长大，你却已经走远了。我没能把所有的好给你，却还在拼命说爱你，真的很抱歉。"

她只是笑，然后冲他挥手，开口道："大概，我还不够幸运。不过我们现在已经各自幸福，这样也很好。"

他说："是啊。"然后他的女朋友远远地跑过来，扑进他的怀抱。

她也转身和男友一起离开。本来不知道如何面对男友而冷落了他很久，这一刻，她忽然就主动把手塞进他温暖的掌心里。

男友惊讶地看她。

她说:"我真的不能再离开一个很爱很爱的人了。"

11

向北是我哥哥的同学。

他后来并没有和他的干妹妹在一起,是陈念的离开让他幡然悔悟,他爱的从始至终只有她一个,与那个干妹妹的暧昧不明,也不过只是一个自大的男孩子骨子里的虚荣感而已。

他那个时候,还是个很恶劣的人,所以,辜负了一个深爱的女孩。

也正是因为她的离开,他才开始慢慢成长,变成一个很好很好的男生。

他说起她的时候,总是很惋惜。

他说:"我多么希望,能够在后来的岁月里遇见那个有温柔眼睛的女孩子,我要把我所有的温柔和爱都给她,我要让她看到我所有的好,让她做这世界上有最美丽笑脸的女孩子。

"可是,她来早了一步。

"那个时候的我,差劲得要命。

"大概这就是有缘相爱,无份长久。

"真的真的很对不起啊,遇见你的时候,我还那么那么地差劲。"

岁 月 它 不 会 辜 负 你

嘿，此时的你，在想谁？

文／一半夏天

我们年轻的时候，总是小心翼翼地爱着一个人，因为不够勇敢，错过一个人，错过了也许美好的青春。我们没有机器猫，没有任意门，没办法回到过去重新来过，那就只好在未来的日子里，努力地爱，勇敢地爱，不要再和爱错过。而那个错过了的人，不用为难地将他从心里革除，留在最深处甚好。

01

事隔经年，童菲依旧清楚地记得第一次见到江城的画面：她坐在唯一亮着灯的大排档里，整条路上没有行人，只剩下她和大排档的老板，还有被萧瑟的风吹起来的落叶。江城不知道是从哪里走出来的，坐在童菲对面，一副痞子模样问："小妹妹，要不要拼个桌？"

有人在下雨天，坐在窗边，想起某个人，而此刻，童菲在凌晨的大排档里，最想江城。

02

2011年，童菲离家的第一个冬天，天气异常寒冷，外面呼啸的大风像是黑洞，好像只要一秒就能将人卷进去。可即使这样恶劣的天气，童菲有时还会半夜披着大衣，出现在北城东街的一家大排档里。

大排档的老板是东北人，叫赵哥，在北城开这家店很多年了。店子不大，但生意一直不错，尤其是逢年过节，其他地方都关门回家过节的日子里，这里的生意如火如荼。大概是聚集了北城所有没能回家团聚，又不想一个人对着空荡荡的出租房的外乡的男男女女，吃着烤串，喝着啤酒，无关陌生还是熟悉，聊着彼此的趣事。

童菲就是在那里遇见江城的。

她记得那天是圣诞节，下了很大的雪，但街上还是有很多手牵手去约会的情侣，又或者是情投意合只差一个告白就牵手的，而她一个人坐在大排档的角落，默默喝着酒。

江城是在十点左右出现的，身上落了不少雪，拿着一打酒坐在了童菲的对面，一副痞子模样地说："小妹妹，要不要拼个桌？"然后露出一口大白牙。

江城有点话痨，坐下来喝了几杯就开始和童菲扯淡，说老板怎么在这个浪漫的节日里让他加班，然后把老板全身上下吐槽了一遍才罢休；又说在来的时候，看到街角男孩拿着玫瑰花向女孩告白，两个人都特别害羞，在女孩小心翼翼地点头答应后，两个人呆住有点不知所措，他一身正义地将女孩推进了男孩的怀里，两个人在漫天的飞雪里 Kiss 了。说到后面还激动了一把，喝下一口酒感叹："太浪漫了！"童菲被他的表情逗乐。

童菲对那天的记忆并不多，只记得在大排档最热闹的时候，整个大排档充斥着各种干杯点单的嘈杂声，童菲却在那一刻有一种全世界都安静了，他从拥挤的人群里走出来，然后世界上只有他们两个人的错觉。她无法解释当时为什么会有这种感觉，也许是一个人太久了，也许是冬天到了，春天也在蠢蠢欲动，总之遇见这种事，谁也说不准。

03

那天之后，他们经常在凌晨的大排档偶遇，坐在一起喝酒，聊着生活琐事。童菲是个慢热的人，话不多，很多时候都是江城一直说，偶尔再讲点笑话，两个人笑得前仰后合，一来二去也就熟络了。

有段时间，童菲的日子过得很艰辛。她因为泼了对她动手动脚的上司一身咖啡，所以被光荣地辞退了。刚好身上的钱也差不多花光了，没有钱付下个月的房租，被房东赶了出来。她拖着行李箱在大街上闲逛了很久，最后无处可去，走到了网吧门口，准备在网吧待一夜，在网上看看有什么兼职。刚进门就看见江城拿着烟走出来，看见她的时候吓了一跳。

那个时候他们还不是很熟，最多只能算是酒友，但江城还是把她带回了他租的房子里。

童菲读书的时候去过一次男生寝室，对男生寝室的卫生不敢恭维，可江城表面看上去痞里痞气，家里却很干净，房子很小，但东西都被他收拾得井井有条。

他帮她收拾好东西，带她去大排档吃了东西，听到她被上司骚扰的事情显得气愤不已，问候了那个上司十八代亲戚，还说如果让他看到这种人渣，一定好好给童菲出气。

当时童菲也只当他是开玩笑，还应和着说好，把上司的照片发给江城看。没想到后来江城真的那么狗血地"撞见"了她的上司，上司依旧对其他女生动手动脚，江城冲上去就将上司揍了一顿，揍得鼻青脸肿。而那位上司也不是忍气吞声的人，最后便闹到了警察局。

童菲赶到警察局的时候，江城脸上也挂了彩，依然凶狠地瞪着上司，态度很不好。警察说要不是有女生给江城作证，说他是见义勇为，就没这么容易放他走，嘱咐他下次见义勇为找警察，不要冲动。童菲急忙点头，和警察说了声谢谢，拉着江城离开。

回去的路上江城对上司的诅咒就一直没停过，然后说累了，对童菲说："这次也算是给你出了口恶气，把小哥哥的脸都弄花了，还怎么泡妞？你得补偿，请客！"

她看着江城耍痞的模样笑嘻嘻地说"好"，心里有些泛甜。

两个人去了赵哥的大排档,点了很多东西,不过最后还是江城付的钱,他龇牙咧嘴地说:"等你以后挣大钱了再请我吃顿好的。"童菲依稀记得那天江城没心没肺的笑容。

04

童菲没找到工作、没有收入的那段时间,一直住在江城家。她没有钱交房租给江城,就以劳动力抵房租,江城负责给她生活费,她负责买菜做饭,收拾房子。

两个人在这座陌生的城市,相互帮助,生活得还算不错。

后来童菲找到一份不错的工作,拿到新工作的第一份工资,她第一件事就是请江城吃饭。她本来想请江城吃顿好的,但他却一直坚持去大排档,说熟悉的地方,上厕所都安心。

童菲只好带他到大排档。

搁在平时吃夜宵,江城总会点一桌子吃的,再点一打啤酒,那天却很反常,只吃了几样东西,喝了一些啤酒就说饱了。童菲问他怎么了,是不是哪里不舒服,吃这么少。

他喝完最后一口酒,说得很随意:"大晚上的吃这么多干什么?胖死去?女孩子呢,身上还是要有些钱傍身的,别一股脑全化了。是不是傻?"

说完留下一个他自认为帅气的背影,朝大排档门口走去,见童菲还傻坐在那儿,吆喝了一声,让她赶紧埋单回家睡觉。

其实如果江城再回头看一眼,会发现童菲红着眼睛看了他好久。

童菲住在江城家的时候,江城一直是睡沙发的。找到工作后,童菲有搬出去过一段时间,结果中介太黑心,帮童菲找的房子环境很不好,没住几天周围就发生了抢劫事件，闹得人心惶惶，江城知道后也很不放心，帮她退了租，又让她搬回了自己的房子里。

两个人坐在客厅为房子的事情烦恼，童菲想了很久，还是打算回去住，说只要每天早点回去就不会出事。江城坚决不同意，让她好好待在这里，然后匆匆出门。

回来的时候带着四个人和一张沙发床，几个人乒乒乓乓将沙发床放进了房间，再把旧沙发搬走。

大概知道童菲会不好意思，搬运师傅离开后，江城立刻装作一副讨债模样："你别太感动，钱是要还的，以后一日三餐的重任就托付给你了。"

说完围着沙发床转了几圈，夸着真是个好东西。

童菲说，在没遇见江城之前，她在北城一直都是得过且过，很多时候都是一个人，一个人吃饭，一个人走路，一个人去大排档喝酒到很晚，一个人解决所有容易的、难的事情。而江城的出现，让她原本阴雨连天的世界洒进了阳光，一个人的生活也好像变成了两个人。

2011年除夕，他们两个都没有回家，在窄小的出租房里一起跨年，举着酒杯说新年快乐。

05

童菲是个没有安全感的人，最害怕的事情就是习惯了一个人的好之后，那人又突然消失。因为她害怕，所以总是装作拒人于千里之外的模样，在认识江城之前，她基本上没有什么朋友。

江城突然出现，在她的世界里横冲直撞，她措手不及。他对她的好，就像是会上瘾的毒，她告诉自己不能碰，又不受控制地向他靠近。

童菲是什么时候发现自己喜欢上这个大大咧咧、痞里痞气的江城的？大概是在那个没有下流星雨的夜晚，他们一起看了日出。

江城一直是个行动派，他看到电视上说最近有场流星雨，便背着帐篷风风火火地上山了。本来童菲是要跟他一起去的，但公司临时有事，没办法，只好赶回公司。

接到江城的语音视频大概是在凌晨两点，一接通就听见江城在那边吐槽新闻骗人，他傻不拉叽地瞪着眼睛看着天空好久，别说流星雨了，一只鸟都没看见。

怕童菲不信，还将视频对着外面照了照，一片漆黑。他气愤地骂了句脏话，然后又开启他的话痨模式，说他今天发生的趣事，还问童菲想不想睡觉，如果不想睡觉，就一起等等日出，反正人已经在这里了，没看上流星雨就看看日出。

天知道，童菲那天加班到很晚，累得眼睛都睁不开了，但她听到那边期待的语气，还是笑着说好。

那是她第一次看日出，以前她很懒，不愿意为了看一个日出凌晨就出发爬山，她觉得那简直是自我折磨，也很矫情。可当看到屏幕那端太阳升起的时候，她突然明白了，为什么那些偶像剧里的男女主角那么热衷于看日出，不是日出真的很美，重要的是那个和你一起看日出的人。

太阳缓缓升起，光打在江城脸上的一瞬间，童菲突然就愣住了，那一刻，她突然就想这么一直和江城看日出。

大概就是每天早晨一睁眼就能看见阳光和你这种感觉吧。

她喊了一声"江城"。

"嗯？"

"我……"

"喜欢你"三个字还没来得及说，那边手机就关机黑屏了。

等江城回来，问她之前想说什么，她已经没有勇气告诉他了。

童菲说，她当时真的很怂，不敢告诉江城她喜欢他，她害怕江城不喜欢她，更害怕两个人最后连朋友都做不成。为了不让自己再深陷，在工作稳定之后，她从江城家搬走了。

把钥匙还给江城的那天，她笑着说："这下你终于可以睡回自己的床了。"她和江城嬉皮笑脸了一会儿，却在走出他家，门关上的瞬间，耷拉下了脸，离开小区的脚步也异常沉重。她站在街边看着江城住的地方很久才离开。

爱情就是这样，它有时候会让人变得很勇敢，有时候也会让勇敢泄气，变得比谁都胆小。你想靠近他，又害怕太靠近他。

06

自从从江城家搬出去后，除了偶尔江城会去童菲家里帮她看看有什么要修的东西，两人很少见面。童菲也没有再主动找过江城，去大排档吃夜宵也会选择和他错开的时间。

有一次周末，江城约她出去逛街，说他要买礼物，不知道该买些什么，让她出谋划策，她以公司有事为由推掉了，准备在家里睡两天，却在出去买储备粮食的时候被江城抓了个正着。江城嘟囔着童菲不够意思，非拉着她去逛街，还要请客吃饭才肯罢休。

童菲没办法，回去换了身衣服跟江城去逛街。

她不知道江城这个礼物是要买给谁，一个下午逛下来都心不在焉，什么都没买到，最后两个人互相埋怨，互相不搭理。

去大排档的路上沉默尴尬,快到的时候,江城突然说了一句:"童菲,你最近是不是在躲我啊?是我做错了什么事情吗?"

童菲看着江城没有说话,那个时候童菲真是恨死自己的矫情造作了,也恨死了自己的胆小懦弱,她真想冲着江城大声喊:"你没有做错什么,是我太喜欢你了,喜欢到不敢靠近你。"

可她还是没能说出来,叹了一口气说:"等下和你说。"

童菲本来是想去大排档喝几瓶酒,借着酒精和江城说明白,可他们刚推开大排档的门,就看到一个女孩站在大排档门口喊江城的名字,眼睛红红地说:"我等你好久了。"

江城带着女孩走了,离开的时候让童菲在大排档等他回来。

童菲说:"好。"

可那天,童菲在大排档等了很久,客人来了一批又一批,江城还是没有回来。

第二天她是被赵哥叫醒的,她在大排档的沙发上窝了一晚上,江城还是没有回来。

江城是在第二天出现的,站在她公司楼下等她,他说昨天带小宝去吃饭安排住所去了,没能赶回来,对不起。

童菲听过小宝的名字,在听赵哥说江城故事的时候。

07

江城是从离北城很远的一个城市来的,具体哪里没有说,听赵哥的描述,是一个有一片大海的地方。那里有成群的海鸥,每天都能伴随着海浪声入睡,清晨伴着海鸥声醒来。江城很喜欢那样的生活,他都想好了多少岁找女朋友，多少岁结婚，多少岁生孩子，一家人住在那儿过一辈子。可最终他还是背着行囊离开了老家。

原因狗血又真实，因为江城和最好的兄弟爱上了同一个女生，这个女生就是小宝。

他和兄弟是从小穿着一条裤衩长大的朋友，而小宝是在他们小学的时候转学过来的特长生，跳芭蕾舞的。小学的时候，他们还是两个毛头小子，什么都不懂，只是上蹿下跳邀着一群小伙伴玩各种游戏。看到小宝的第一眼，只是觉得很娇小、很秀气。因为小宝刚好住在他们家附近，所以总是一起上下学。小宝成绩好，总是在作业和考场上给他们放水，他们呢，没有别的，就是四肢发达，仗着比同龄男孩长得快那么一点，帮小宝挡掉了不少骚扰者，一来二去就熟络了，成了班上的铁三角。

后来每次升学，家长都为了方便，一直让他们三个在同一所学校。随着年龄的增长，情愫也在偷偷滋生，两兄弟同时爱上了小宝。

虽然江城和兄弟是穿一条裤衩长大的朋友，但喜欢人的方式却很不同。江城爱闹腾，喜欢哪个女孩就爱欺负她；而他的兄弟就属于 24 小时暖男，随时为她开放。

江城知道兄弟也喜欢小宝是在小宝 22 岁生日时，他去上厕所，无意间看到兄弟在镜子前一遍一遍排练告白台词。兄弟看见他还询问："这样可以吗？"江城笑着说："挺好的。"然后将身后准备的礼物收了起来，也将他准备好的告白咽回了肚子里。

那天，他没有看到兄弟对小宝的告白，连行李都没收拾，就坐上最近的一班火车离开了。

他没办法在兄弟和喜欢的女孩间抉择，他不想伤兄弟的心，也不想看见兄弟和自己喜欢的女孩在一起，所以选择了逃避。

这是童菲从赵哥那里听来的。

但这还不是故事的结尾。最终的结尾是个误会，江城以为小宝会选择暖男兄弟而不是他，所以选择逃避离开，可其实小宝喜欢的是他。小宝说她已经跟兄弟说清楚了，兄弟也会祝福他们在一起，这次来也是为了找他回去。

童菲想，这大概是最好的结局吧，有情人终成眷属。江城走得并不坚决。临走前，他还在询问童菲的意见："你觉得，我应该怎么办？"

他看着她的时候，眼神亮亮的，童菲看着有些失神。她想，如果时间就此静止该多好，只有他们俩的世界，他的眼里也只有她。

可也只能想想，童菲还没有回答江城该怎么办，他就被一个电话喊走了。

08

之后很长的一段时间，童菲没有见到江城。听赵哥说，江城带着小宝去北城好玩的地方都玩了一遍。

他没有联系童菲，童菲也像是赌气一般不跟他联系了。

童菲生日的时候，她想起很久以前，她跟江城说过，她是留守儿童，从小不在爸妈身边，基本上没过过什么生日。后来长大了，跟爸妈也并不亲。爸妈从来不给她过生日，所以每次看到别人家小孩子过生日，一家人给他庆祝，她都会很羡慕。待她说完，江城胸有成竹地说今年一定给你过个难忘的生日。

不过她想，江城早就忘记了吧。

她从公司下班回来的路上经过蛋糕店给自己买了个蛋糕，准备回家自己庆祝生日，打开门却看到了从未想过的画面。

童菲爸妈不知道什么时候来的，在家里准备了一桌子的菜，还有一个已经点好了蜡烛的蛋糕。看到童菲回来，还在忙活的父母停下手里的活，生涩地唱着生日歌。

爸妈说："我们那一辈儿都不怎么过生日，所以一直没当回事，不知道你这么在意。以后爸妈每年都会记得。女儿生日快乐。"

本来在唱生日歌的时候童菲已经红了眼，听完这句话后，终于忍不住哭了出来。

吃完饭，收拾碗筷的时候，童菲问他们怎么知道她住在这儿，怎么进来的。当知道是江城告诉他们的时候，童菲愣了好几秒，开始哗哗流泪，然后跑了出去。

很多时候童菲都在想，如果当初她要是再勇敢一点，哪怕一点点，把心里话说出来，在以前生日的时候告诉爸妈，她真的好想一家人过一个生日；在看日落那次告诉江城，想要每天早上起床都能看见他和阳光；在小宝还没有出现的时候，去大排档的路上告诉江城她喜欢他；在江城问他该怎么办的时候，告诉他她不想让他走，是不是结局就完全不一样。

那天，童菲赶去大排档，江城不在那里，赵哥说江城昨天已经离开北城了，然后递给她一个礼物盒，说是江城让他转交的。

礼物盒里放着一个很普通的项链，附带一张纸，上面写着：你这小妹妹脾气真是大，买你的生日礼物让你出点主意还一副不耐烦的模样。我又不知道女孩子喜欢什么，看着好看就买了这个，希望我送的生日礼物能让你开心。童菲，生日快乐。江城小哥哥留。

童菲攥着项链，又一次泣不成声。

09

江城走了，北城的冬天也好像变得更冷了。

童菲颓靡了很长一段时间，做什么都魂不守舍，家里人很担心她，劝她回家乡工作，但都被她拒绝。童菲依旧在北城，只是生活好像回到了当初来北城的时候。

她也有想过要找江城，但问遍了所有人，都不知道他的下落，电话也在那一次之后再也打不通。有时候童菲都在想这一切是不是她自己想象出来的，可看到项链就沉默了。

童菲在没有江城的北城一待就是三年，很多次家里人让她回家，她也不肯。三年里，她也交过男朋友，身上多多少少有些江城的影子，但最后都因为性格原因分手。三年里，她几乎每个周末都会去大排档喝酒到天亮，像是习惯了，也像是在等待。

后来，公司上市，童菲调去了总公司，才离开北城。

但每一年，她都会抽一个时间作为培训老师回北城分公司带实习生。

我是她实习生中的一个，和童菲出奇地合得来，经常跟她一起来大排档约酒。在知道我喜欢一个男生很久但一直不敢告白，原因还是老两样，怕拒绝、怕朋友都做不成后，童菲鼓励我告白。

她说："我们啊，是要学会在爱里勇敢的。"

不要害怕会被拒绝，因为等你说出自己的心意，就算那个他不喜欢你，拒绝了你，也不可怕；可怕的是你错过了和他相爱的日子。

在童菲的鼓励和一瓶酒下肚后，我颤颤巍巍地掏出手机打给喜欢的人，跟他说我喜欢他好久了，从还在上大学的时候，一直到现在，真的很喜欢很喜欢。说着说着就开始哭，说到最后已经听不见电话那头说什么了，只有"对不起"三个字如雷贯耳。

我还是被拒绝了，但很奇怪，我很难过，也很轻松，就好像喝醉了，徘徊在吐与不吐之间难受得要命,最后突然一下子全吐了出来的畅快感。至于那个拒绝我的人,我还是很喜欢他,而且是再没有顾虑的喜欢。

整理好情绪,回到座位发现童菲站在离大排档不远的街口,嘴巴一张一合地在说些什么,有点醉,脸上却有止不住地笑,对面站着一个男生。

10

我们年轻的时候,总是小心翼翼地爱着一个人,因为不够勇敢错过一个人,错过了也许美好的青春。我们没有机器猫,没有任意门,没办法回到过去重新来过,那就只好在未来的日子里,努力地爱,勇敢地爱,不要再和爱错过。而那个错过了的人,不用为难地将他从心里革除,留在最深处甚好。

岁 月 它 不 会 辜 负 你

你敢不敢像我这样爱你？

文／七月小妞

因为年少，总觉得这一次不铆足劲去争辩，就输了。也是很久很久以后，我才明白一个道理，好好说话会让爱你的人更爱你，口是心非只会让爱你的人误会你。

01

在发现楚白将女班长送给他的文身贴纸贴在虎口处的时候，我和辉辉一起去他表哥开的理发店里文身了，辉辉在左肩上文了一个"龍"字，我在脚踝上文了蒲公英的图案。

可惜的是，辉辉表哥的技术不好，辉辉的"龍"文得一点气势也没有，我的蒲公英文得弯弯扭扭，痛得我嗷嗷叫。

我喜欢和辉辉这样的男孩子一起玩，简单、粗暴、成绩差，打了架，一会儿又贴上来和我说话。

至于楚白，他从小就是位真正的绅士。比方说，那些男生夏天会把苍耳揉进女同学的长发里；会把班干部的作业本藏起来；会一身臭汗地踢足球；有女同学经过操场，还会吹上几声流氓哨。

可是楚白，他会在递给我可乐的时候，把瓶盖轻轻拧开；他会在我没有做作业的时候，义正词严地把我的名字交上去；会在办公室外面等我受完罚，再监督我完成作业。

十八岁的楚白，和过去十几年一个样，他的球鞋永远是雪白的，头发上没有一丁点儿头皮屑。越多人喜欢他，我就越不高兴。

到底是为什么，我也不知道。

不知道谁把我文身的事告发到政教处了，一进门就看到我妈妈被请到了学校。她铁青着脸，一见我，便撩起了我的裤脚一探究竟。

我根本记不清政教处的两个主任说了些什么，跟着我妈走出办公室时，阳光从教学楼旁边的大树上折射下来，落在走廊里，是一黑一透明的光点。

楚白站在外面等我们，他一见我妈就说："阿姨，别打周桐。"

我妈叹了一口气往楼下走，我抬头看着楚白担心的神色，歪着脑袋笑了一下，说："我妈一般不会打我，打我的都是我爸。"

那天，我挨了揍。我穿着短袖短裤，被竹藤条打得一身红印子夹杂着乌青。

在我们老家，我的父母那一代信奉"棍棒底下出人才"，我也在想，如果将来我成不了人才，真是浪费了那么多条藤条和扫帚了。

我没有吃晚饭，去我们屋前面的小学里玩。

楚白是在天快黑的时候回来的，他坐在我旁边的秋千上，说："还有十几天就高考了。周桐，你想去哪里上大学？"

我说："我不想上学了，我从来就不是读书的料。"

"你有梦想吗？"

我扶着下巴说："我的梦想就是你啊。"

"别乱说话。"楚白打断我。

我用力地把秋千晃得老高，感觉自己飞起来了一样。

楚白是我的邻居，我们两家相隔着一条大马路，只不过他家是梧桐街唯一一栋小洋楼，我家是一排一楼一底的青瓦房里唯一没有装修的房子。

楚白的爷爷奶奶是人民教师，舅舅妈妈是高中教师，表哥表姐们要么出国留学了，要么是大学教授。

楚白拥有优秀的先天基因，又有后天培训。而我，在学校里被老师否定了成绩；回到家，又被父母否定了整个人。

进入青春期以后，我总是很难过。我张牙舞爪的叛逆，其实是企图掩盖内心最深处的自卑。

02

高考后，楚白收到了好几封录取通知书。而我，顶着大太阳去地里掰玉米。

楚白忽然出现在玉米地里，递给我一支冰棍。他说："周桐，我决定去 C 城上大学。你也去吧。"

我抿着干裂的嘴唇，笑了笑，背起满满的一背篓玉米往回走。楚白站在我前面，把背篓抢过去背上。他摇摇晃晃地走在前面。我说："我想去打工了。"

暑假，我们家族唯一念过大学的堂哥来我家，说给我联系了一个还不错的职专，堂哥说我这个年纪出了社会又不安全，还不如再读几年书。

我原本就没所谓的，堂哥说学校在 C 城，我就决定去了。

我是坐火车到 C 城的，楚白已经在他们学校完成报到了，他是某个亲戚开小车送来 C 城的。

楚白打了个车，帮我拎着桶和包。在车上，楚白接了个电话，他妈妈说给他打了三千块钱生活费，询问够不够。

我攥紧了手心里的八百块生活费，望着窗外飞驰而过的风景，恍然明白，即使楚白就在我的身边，我们之间也隔着无法跨越的鸿沟。

03

职专的课程很轻松，和我堂哥形容的差不多，基本上老师不认识学生，学生记不得老师。都是一群资质差、"大人们"怕祸害社会的孩子，被扔在了这里。

我的第一份兼职是发传单，每个星期干周末那两天，一个月一结账，干了两个月，派活儿的小头目跑了，晒得我起了一身痱子。

第二份兼职是在咖啡厅上班，因为打瞌睡不小心打破了一套杯具，我就成了个悲剧。扣光了工资，还让我自己掏钱赔。

回到宿舍，每个女孩都打扮得光鲜亮丽，而我穿着露趾凉鞋，脚趾头灰不溜秋地露在外面，脸和脖子上有一块块红斑。合交了寝室的水电费，一分钱都没有了，去学校的取款机查余额，才发现我妈忘记给我打生活费了。

爸妈又吵架了，妈妈去舅舅的小店里帮忙，爸爸下班就直奔小茶馆，都忘记了还有我这个女儿。

隔壁室友见我可怜，过来跟我说，她们在酒吧卖酒，运气好的时候，一晚上拿提成能拿几百。C城的酒吧里都是大学生在兼职，男生当服务员，切水果拼盘；女生去卖酒，或者去收银。

我跟着同学去了学校旁边的酒吧兼职，可一个晚上一瓶酒也没卖出去。我站在吧台看别人怎么推销时，被咸猪手揩了油。我的本能反应就是一转身一脚踢到对方的要害。没想到对方要去医院，让我赔钱。他们一群人有七八个汉子，我的那些同学都吓得不知所踪。我冲进洗手间报了警。到警察局时，咸猪手不肯承认占了我便宜，就这么僵持着。

我给楚白打了电话，他赶来时，我憋了好久的眼泪终于要落下来。

楚白问："怎么了？"

我指着咸猪手说："他捏了我屁股不承认，还……"

我还没反应过来，楚白就冲上去和咸猪手打了起来。确切地说，是楚白打了咸猪手。他一拳就把咸猪手的鼻子打出血了。

警察们一下子拉开了楚白和咸猪手，现在我们理亏了，在派出所打人。

警察叔叔们最终看在我和楚白是学生的分上，努力说服了咸猪手等人接受私了，楚白扔下两千块钱，签了字就拉着我走出了派出所。

我轻轻地说："其实，不用赔那么多钱的。"

楚白突然回过头来，冲着我发火："你去那种地方干什么？虽然你没什么料，但就是有畜生眼光独特……"

我气得大吼："我去做兼职啊，你难道以为我和那些去夜店玩的女孩一样，去喝酒跳舞？楚白，你这么自视清高不就是因为你家有钱吗？"

楚白说："周桐，你家没给你生活费吗？你要那么多钱干什么？你难道是想和那些女生一样，只为了买衣服买包？你什么时候变得这么虚荣？"

这是所有人都没有见过的楚白，他青筋突起，说话全是讽刺，人人都说他谦虚有礼，谁会相信他会对我爆粗口。

我笑了笑，背过身去，那天晚上，我的眼泪只有深夜萧瑟的长岭街知道。

虚荣？我一个每顿吃两三块钱饭菜的人，有什么资格虚荣？楚白，你不懂我，我真的不怪你。你住在城堡里，看谁都以为对方是衣食无忧的主儿。

04

周六，没课，全寝室睡到中午。只有我早就饿醒了。

大家都在讨论中午去哪里吃饭，最后决定去学校外面新开的一家快炒店里吃，像以往一样，AA制。

我说："我不饿，你们去吧。"

大家都走了，我蒙上被子，全世界安静得只能听到自己肚子发出的抗议声。

忽然听到有人叫我，宿管阿姨让我去拿东西。我拆开那个几乎可以装得下我整个人的包装盒，里面有专柜的化妆品、手提包、裙子、鞋子……

可我一点感动都没有。楚白，这就是我们的差距。我想要的不过是一盒泡面，一份炒饭，你却送给我这么多昂贵的礼物。

电话响起，我妈说生活费打过来了，我说："快要饿死了。"

可没想到捅了马蜂窝，我妈咆哮道："人家读大学都知道找兼职做，你就懒吧……"

隔着话筒，都觉得心酸。

我总是莫名其妙地较劲，和家人，和楚白。

我把楚白送的东西通通还了回去，让他拿着发票到商场去退了。

我找到了新工作，再也没有向家里要过生活费。

05

我在义乌小商品市场卖衣服。老板娘觉得我卖起衣服来还挺会吹牛的，就把那件卖八十、进价十五块的衣服送给了我。

我穿着那件黑色的紧身短袖去楚白学校找他，我不知道他是哪个班的，只好打电话，电话还没接通，我就看到他了，他身边站着一个穿淑女阁裙子的女孩。

那条裙子我见过，我陪室友逛街时，室友去问过价，要一千多。

如果你面前站着一个踩着明黄色高跟鞋、穿着一千多的淑女裙的女孩，和一个穿着白色板鞋、黑色短袖的女孩，你是会和高跟鞋女孩去甜品店喝咖啡，还是和后者花三块钱买个手抓饼，一起轧马路？

楚白介绍说："这是舒婷，我的同学。"

我插嘴："干吗叫这个名字啊，跟那什么XX药撞名了。"

楚白支走了高跟鞋女同学，瞪着我说："你怎么说话这么粗鲁？"

我扭头到一边，说："我一直都这样，你才知道？"

楚白说："周桐，你没救了。"

我说："你也没救过我。"

我记不清这是我和楚白第几次不欢而散了。我总是这么口是心非。

其实我是来找楚白吃饭的。可是，我给自己买了两个手抓饼，往回走来时的路。

因为年少，总觉得这一次不铆足劲去争辩，就输了。

也是很久很久以后，我才明白一个道理，好好说话会让爱你的人更爱你，口是心非只会让爱你的人误会你。

06

我们搬了校区，几家私人职专合并，毕业证还没拿到，同学们都走得差不多了。还要交一万多学费，我很心烦。我不想读了，家里人都说我什么也没学到。我也是受够了挤牙膏一样地向家里要钱。

楚白来新校区找我，他说："周桐，还有一年就可以拿毕业证了，我帮你交学费。你放心，这是我存的私房钱，我不会告诉任何人的。"

我坐在草坪上，抱着自己的膝盖，摇晃着脑袋，像个弱智儿童一样。

哎，楚白，我家里拿这些钱，房子都要抖一抖，你一摸口袋就有。

我抬起头来："楚白，我不喜欢读书，要不你养我好了。反正你那么有钱。"

楚白说："我从来不觉得自己有钱，但在你眼里就成了罪人。"

"是啊，我得了一种病，看见别人有钱我就眼红。你知道这叫什么吗？这叫仇富。"

楚白站起身，走了，像无数次他留给我的背影那样，英俊又决绝。

因为我们是邻居，从小被老师分配到一组做游戏，春游时一起，回家时一起。可是，为什么要长大？要让我知道我们之间，隔了那么远那么远的距离。

这些，都是我贫瘠的青春里，忧伤的秘密。

07

我花两百块钱租了房子，只有十几平方米，但是有一个小小的厕所，能洗澡洗衣服。

不好的就是在五楼，每天都要爬得腿抽筋，衣服晾在窗户外面的一条铁丝上，经常会被风吹到楼下去。如果忽然下雨就更糟了，已经快干的衣服又会被淋湿。

有时候出门一顺手会被关在外面，要打电话，等房东来开门。

去上班要转两趟公交车，下班经常会错过末班车，有时候晕头转向的会搭错车。我的脸上是多少粉底都遮不住的黑眼圈，脚上是无数个水泡磨破以后生成的茧。

这些都是生活里会折磨我的小事。

我和楚白都是如此忙碌，我忙着挣钱，他忙着在校外实习。

楚白打电话给我，问我买票了没有，说寒假一起回家。我说在网上买到了，XX 号的。

进火车站了才知道，楚白买的高铁，而我买的普通列车。坐在候车厅里，我无奈地笑了笑。

楚白拿过我的票和身份证，说要去售票厅换高铁，不行的话，就再买一张高铁票。

我看着楚白垂头丧气地从人群里走到我身边，我都猜到了，春运嘛，哪里还有空余的票。

一张票价，只相差几十块，到站的时间却要相隔几个小时。就像楚白和我，我们明明一起长大，他在人群里是最耀眼的那个少年，而我在一群年纪相仿的女生堆里，始终是最灰头土脸的那个。

我先上火车，但先到家的是楚白。我晚上八点多才到站，楚白已经吃了晚饭，一家人坐在二楼或三楼的客厅里，看电视吃水果。

我拖着大包下了火车出站，冷得直哆嗦，远远地看着爸爸在招手，他骑着那辆摩托车等在路边。我努力挤出一个僵住的笑容，眼泪却在眼眶里打着转儿。

我坐在摩托车后座上，真的好烦，我又哭了。明明我最大的愿望是有了钱，离开家乡，六亲不认来着，不用再干农活做家务。我讨厌我爸就知道打牌，我妈就知道吵吵吵，嫌我钱用多了，比我姐多读了几年职专，多用了三四万块钱。哎，她怎么会知道，在我们班里，好几个女生随便买一个海外代购的包，就好几万。

08

回家吃了饭，楚白来我家找我，说要去小学那边放烟火。他拿着几只花筒，围着一条羊绒的红围巾。他站在我家门口，路灯打在他身上，我的眼睛始终模糊。

花筒一株一株地被点燃，烟花绽放在夜空里。

楚白掏出一盒巧克力给我吃，是我没有见过的酒心巧克力，他说是他们家的年货。

我也从口袋里摸出一把水果糖给楚白，告诉他这是我们家的年货。

楚白说我家的水果糖比他家的酒心巧克力好吃。

我说："不，巧克力好吃，好吃得我快哭了。"

楚白说："你慢慢吃，我明天拿几盒给你。"

我说："不，我没有那么多水果糖给你。"

楚白看着我，像很多年前一样，疑惑不解。

我抬头看着远处的夜空，烟花很美，我不会告诉楚白，我那可怜的自尊心是在我们之间作祟的根源。

楚白还是站在路灯下，看我进门。这么多年，我走路的样子始终不优雅，这些都成了楚白眼底的窘迫。

我抓了一把巧克力回家，给我妈吃，可是她全给了她孙女。小孩子没吃过酒心的巧克力，吐了，哭了。我妈骂我，自己吃就是了，干吗要拿回来。

我上楼，回房间，我爸和他的牌友们在玩手搓麻将。

唉，总是这样。爸爸最爱他的麻将，妈妈最关心她的孙女，每个人都有他最爱的事物，可是怎么就没人说最爱的是我。

我喜欢蒙在被子里掉眼泪，为我赤贫的童年，为我和楚白之间这段靠着我单恋支撑着的青梅往事。

09

除夕，楚白约我去放孔明灯，许新年愿望。

楚白问："你许了什么？"

我看着楚白，说："你能不能带我离开这里？"

楚白一笑，就会露出那排整洁雪白的牙齿，他说："你傻了吧，人家叛逆也就两三年，你这是要叛逆二三十年啊。"

我笑了笑，继续放灯。

我忽然想了很多事，每次我说真话，楚白都以为我在开玩笑。其实，我告白过很多次了。

高中那时，我说我们恋爱好不好？

楚白说，早恋很幼稚。

我问，那你觉得什么不幼稚？

楚白说，早恋就像未熟的苹果，要等到我们足够强大，有经济能力，又不受年龄限制的时候。

于是，我在心里开始等了。

还有，我有过梦想的，我也说过，只是被遗忘了。

现在，我觉得，我看星星很近，看楚白很远。

10

我先回C城上班了。楚白毕业进了一家金融公司上班。

我们很少见面，楚白在C城里最高端的写字楼工作，我在地下负一层吵吵嚷嚷的义乌市场上班。

楚白来找我，他说要调去上海一年，问我去不去。

我说，不去。

楚白问："那你会等我吗？"

我扭头到一边，看着公园里的枯叶，一只脚划拉着大理石板，我说："我等你干什么？"

楚白离开了C城，我比任何时候都觉得孤单。生活还是得继续，面对砍价要好好地跟对方磨嘴皮子。我依旧穿着几十块钱一件的衣服。

我也做过很多无聊的事，看着楚白发布的照片，一搜索，他随便一件衬衣都要好几千块。

我老是哭,到底是因为穷,还是因为楚白离我越来越远,我一直搞不清楚。

楚白在上海工作了一年,又调去了新加坡,这一出国,又是两年。

我依旧一个人,没有看对眼的人出现。

我工作了几年,存了些钱,想自己盘一家铺子卖衣服,可是过了个年,房租又涨了,我还得打工,不知道存钱存到什么时候才能跟得上房租的涨势。

楚白回来的时候,是秋季的一个阴天,天空灰蒙蒙的,像一张孩子刚刚哭过的脸。

楚白和我坐在咖啡厅里,他忽然开口:"周桐,我走了那么远,看了那么多风景,我发现我最想来到的还是你身边。"

我看着窗外贴小广告的人,说:"你从来没有为我做过一件疯狂的事呢。"

我指着外面的电线杆,问楚白:"敢不敢?"

楚白跑出去,一下子抱住电线杆,看着小广告喊了一句:"啊!我的狐臭终于有救了!"

我拉着楚白跑,跑了很远,跑进小巷子里。我们一起喘气,望着对方哈哈大笑,最后,我们都哭了。

原谅,微笑,还是结婚吧。

自尊也好,价值观也罢,如果生命从头来过,我还是会爱眼前这个人,爱得千回百转,矢志不渝。

承认相爱,很不容易。

11

楚白带我回他家,他家人很礼貌地招待我吃了饭,可是楚白说要跟我结婚，他们没有同意。

我拎起包，离开。

楚白追出来，拽着我不肯放开。

我看着楚白说："我又不缺胳膊少腿儿，他们凭什么说我配不上你？"我使劲地松开楚白的手，算了，我们都吵了二十余年了，不想吵了。

楚白来我家商量结婚，我妈听说他们家不接纳我，也不同意。

我和楚白坐在小学里的秋千上，我把秋千晃得老高，像飞起来了一样。

我说："楚白，你看，全世界都不同意我们在一起呢。"

楚白就问："你敢不敢把户口本偷出来？"

楚白在朋友圈发布了我们的结婚照，就和我一起关了手机。我们一起坐上飞机，最后终于去看海。

晚上开机，楚白的妈妈让我们回去补办婚礼。

我妈发了短信，说只要我幸福就好，她不要彩礼。

唉，我又哭了。

我一个人在暗夜里痛哭了千千万万次，终于在我最爱的人面前掉下了幸福的泪水。

我的满身倔强终于在他的温柔里化展开来。

如果土地连在一起，走上一生只为拥抱你。

不管爱有多艰难，希望我们都有勇气在一起。

岁 月 它 不 会 辜 负 你

你可以不喜欢我，
但不代表我没有爱一个人的权利

文／七月小妞

对于过去，
我记得苗可对那个伤害过她的男生说过的一句话：
我爱你时，你说什么就是什么；
我不爱你时，你说你是什么？

01

我有过一段灰暗难堪的岁月，没有向任何人讲述过，包括现在身边的好友。

这几年我遇见了很多女孩，她们或清瘦或漂亮，会嗲嗲地在社交平台上分享食物，抱怨增肥失败。还有一些女孩生活在自己的世界里，吃油腻的饭菜，心宽体胖，吃了蛋糕心安理得地睡觉。

朋友到我家做客，看到我多年前的照片时不由惊呼："天哪，你以前那么瘦啊！"

我淡淡地笑，不止瘦，还很温柔呢。

只是那种温柔，像一摊死水。那并不是我喜欢的自己。

我十八岁时瘦得不到九十斤，裙子是穿着宽松的S码。不过我不是因为过度减肥，也不是天赐的火柴架身材，而是因为爱上了一个眼光极差的男生，他从前的女朋友瘦得不到八十斤。

每次我卑微地问他我胖不胖。他会说，别再胖了就好。

那时我还是个不谙世事的少女，根本不懂爱惜自己，不懂自己的价值，也还不会撒泼打人。

十八岁那年，我消失过三个多月，留下大学通知书，去了南方的一个小城投奔当时的男友。

我以一种刚刚成年的背叛姿态,要把自己的一腔热血甚至年轻的生命献给爱情。

他对我说:"我们好好攒钱,等你到二十岁了,我们就回老家结婚,到那时你爸爸妈妈也会同意我们在一起的。"他把我安排在一家小型的电子仪器工厂里。

02

就是在那所工厂里,堆积着像小山一样的琐碎零件,总有干不完的活,还有中年妇女嫌弃、厌恶又揣度的言语和眼神。

我的手在那个夏天被扎破过无数次,鲜红的血液带着淡淡的腥味,被自来水冲刷到伤口雪白。

当502胶水扯破了手指的一大块肉时,我终于在厕所里痛得龇牙咧嘴。我是在这时见到苗可的,她一把抓过我的手,不管我血肉模糊的手指,含在嘴里帮我吸干净了血清。

苗可大我三岁,她在那家工厂里待了快两年了。

在我之前,苗可在工厂里并没有朋友。在那个污浊的工作环境里,居然也划分三六九等,有整天一副如丧考妣的管理人员,有自认为长得好看的男生女生,成群结伙地谈恋爱,还有就是苗可和我这样总显得讨人厌的。

我被讨厌是因为我不喜欢和人说话,从不参与她们的八卦讨论,我自认为和她们不同,我心里想着,我存够了钱是要走的,我不会在这个乌烟瘴气的小工厂里奉献一生,从青葱妙龄到大腹便便。

而苗可就像这个工厂里被遗弃的一个零件,连每个月发现金工资时,会计都半天叫不出她的名字。苗可因为肥胖,不漂亮,做事缓慢,没有人愿意和她在一条线上干活。她穿XXL码的长T恤,下面穿男士的宽松休闲裤和凉鞋。

03

那所南方的小城没有一年四季,只有炎热的夏天。

我和苗可的友情也像夏天的气温一样,上升到我告诉苗可我的童年在翠绿的山上奔跑,后来因为彼时的男友放弃了读大学的机会,来到这里工作赚钱,希望将来和他有一场得到祝福的婚礼。

苗可也偷偷地告诉我,她留在这个毫无生机的工厂里,是因为那个代班的男生。苗可说,她暗暗喜欢着那个男生。

苗可常在几分钟的休息间隙里,悄悄地看着那个男生。那个男生一副很狡猾的样子,工厂里好几个女生都会因为他露出暧昧的巧笑。我的朋友苗可有着一身多余的脂肪,她把自己的心包在厚厚的皮肉里。

苗可攒了两个月的工资,买了一部当时很热络的一款诺基亚手机。她表白的那天是中秋节。

苗可已经提前拉着我彩排了好几遍,可还是有些胆怯,于是我应邀埋伏在工厂小道外面的那棵大榕树后面。

天上月圆,工厂放假,小道上安静得没有蝉鸣。

苗可捧着手机包装盒,里面躺着的不只是一个女生辛苦工作两个月的结晶,更是一份期待恋爱的心情等待开启。

那个瘦高的男生自始至终都显得不耐烦,意指大过节的叫他出来干什么。

苗可说:"我喜欢你,你可以喜欢我吗?"

那个男生轻浮的态度好像是听到了很好笑的笑话,他说:"抱歉,我不能喜欢你呢。"

我在大榕树的后面,只能看到苗可的背影,她的身躯已经轻微抖动,努力压制眼泪泛滥。

那个男生径直走了,如果他之前的拒绝已经伤害了苗可的心,那么他后来的一句话,更是磨灭了一个女生对爱情的赤诚。

他走了几步回过头,上下打量了一下苗可的黑皮肤和肥嘟嘟的手臂:"忘了说,被你这样的人喜欢,拒绝都有千百个理由。"

那是我第一次想要把一个人踩在地上暴打一顿,可我在榕树后面躲了很久很久,因为我的朋友苗可已经崩溃地蹲在地上大哭了起来。

我不敢惊扰她,也不知道怎么安慰她。那时的我,单薄得没有一点力量来给她鼓励。

第二天我们都准时在八点上班,苗可的眼睛红肿得像个桃子。贴纸时,她不小心把胶水沾到了手上,皮肤被狠狠撕开时,浓郁的红色液体倾泻而出。

我慌忙找来创可贴贴在苗可的手指上,这点微薄之力却不能够贴在苗可受伤的心上。

我顺着苗可的工位看过去,那个男生正和另外几个男生开玩笑,一个个笑得前赴后继,事不关己。

直到不久后,我终于知道,为什么我和苗可那么相似,大抵是我们都用力地爱了一个狭隘自私,又尖酸刻薄的男人。

04

我捧着三个月的工资兴高采烈地到那时的男友面前,他显得比我还开心。

我又在工厂加班的那个晚上,他拿着钱和他的兄弟们在KTV嗨了一个晚上。他说这是联络感情,别人都请过他吃吃喝喝的。

我觉得我的爱情死掉了,它不应该是这样冰冷的、决绝的、自私丑陋的。

我来到这个小城,没有买过一件衣服,素面朝天,连洗面奶都舍不得买。路过橱窗里那些诱人的蛋糕,我总是吞吞口水,然后买最廉价的蔬菜,回去做饭。

我对男友说:"我想回去读书了。"没想到惹恼了他,他丢下一句话:"车费你自己想办法,我没钱。"

灯和烟火的长街,我漫无目的地走。

苦得一穷二白,饿得饥肠辘辘。我因为爱情来到这里,抛下一切梦想前途,可这个晚上,爱情让我一无所有。

我在心里铸起爱情的城楼,那个他让这一切变成沙漠里的海市蜃楼,一把黄沙。

我想哭又哭不出来,那时的我连手机都没有,我的父母家人永远不会知道,那个说去外地同学那里玩的女儿,在寂寞的长街上为年轻的爱情心碎了一地。

如果不是苗可,我甚至会觉得那个时候我会死掉,因为贫穷,因为年少无知,为爱情做出惊天动地的牺牲。

我走着走着不知不觉就走到了苗可租住的楼下,碰巧苗可下来倒垃圾,顺带拎上了泪眼婆娑的我。

苗可住在一个楼梯间的阁楼里,里面小得只能放下一张床。没有灯,只有一张凳子上放着一盏虚弱的蜡烛。

在形形色色的公寓里,有很多中年男人和女人的吵架声、打骂声、音响和电视广告声。

我和苗可坐在那张钢丝床上,像是互相交代前尘往事的两个同性恋。

那天晚上我们没有睡觉，说了一整晚的话。早上五点苗可带着我去火车站，帮我买了一张回家乡的火车票，208块钱的硬座火车票，那是我无以为报的友情。

那是一个阴天，苗可和我离开了那所南方的小城，她给了我一件宽松的外套，两百块钱，还把她之前买好的面包和水分给了我一半。

我们互相交代要注意安全。我回家乡继续念书，她说北上闯一闯。

05

我按部就班地念大学，结识了新朋友，也谈了几段没有结果的恋爱，被爱过几次，也被伤害过几次。

我和苗可互相留过QQ，不过她很少在线，再后来我的QQ意外丢失，和苗可失去联系。

直到去年又找回从前的那个QQ。我和苗可兴奋地视频电话，她开心地大笑，说我胖了，有了胸器，更好看了。

苗可还是胖胖的，但她的笑容是被幸福充满的。她在家乡的二线城市开了一家店，专卖精致的大码女装，熟客很多，也有几个爽朗的好友。

最近一次聊天时，她问我有没有好的护肤品推荐。我问她身边有没有好男人可以入手。

我们聊得天南地北，打电话时唾沫横飞，但都没有提起那个南方的小城，那个夏天发生的一切。

我只是知道，我们曾在那个污浊的环境里，彼此搀扶着走了一程。往后的岁月里，什么都不用说，友情就在那里，有增无减。

生活在慢慢好起来，那些难为情的岁月在心里的某个角落慢慢地搁浅。

我们对爱情的赤诚依旧没有改变，长大懂事了一些，面对爱更有底气了，也配得上更优秀的爱人了。

对于过去，我记得苗可对那个伤害过她的男生说过的一句话："我爱你时，你说什么就是什么；我不爱你时，你说你是什么？"

我想告诉那些被爱的人，请尊重每一个爱你的人，你可以不爱，但不必否认别人拥有爱情的权利。

岁 月 它 不 会 辜 负 你

你是我暗恋的最后一个

文/浅如墨

胖了这么多年,大概是她的爱情希望没有来,等有某个火星让她燃起来的时候,燎原的趋势已经没办法遏制了。

大如拉好羽绒服的拉链，扯了扯紧紧绑在身上的棉裤，第三十九次在镜子面前转了一个圈，跺了跺新买的短靴，曲起右腿的膝盖，尽量扭出一个 S 形的弧度；嘴巴微微一抿，努力瞪圆眼睛，以便让自己显得温柔美丽。

她保持这个姿势欣赏了半天。

半响，还是忍不住哀号了一声往后一倒。

"还是显得太胖了！"

可不是，长款的羽绒服穿在身上，胸部和屁股都能肉嘟嘟地显出来；棉裤穿在身上，小腿几乎和男人的手臂一样壮实；嘴巴再怎么抿，脸颊两边的肉还是能自己造出一个"战壕"。

大如转过头，视线飘向窗外，白茫茫一片。这是深冬里最大的一场雪，温度已经降到了难以忍受的最低点，连在屋内，每吸一口空气，喉咙都有要被冻起来的错觉。

手机设的五点的闹钟响了起来。

离见面时间还有一个小时。

大如咬了咬牙，把暖洋洋的羽绒服一扒，重新奔回了衣柜前。

01

大如跟我说，她活到二十六岁，最失败的是有过八个暗恋对象。

第一个是上幼儿园时，脑袋后面留了一条五六厘米长的小辫子的男生。"小辫子"家里是开超市的,每次进幼儿园,第一件事就是昂首挺胸往黑板边一站,班上的小朋友立马蜂拥过来,"小辫子"就开始从小书包里一样一样地掏各种五颜六色的零食。

"小辫子"每次发零食的时候,对班上的女孩子都笑眯眯的,只有给大如的时候,才拿鼻孔看她。大如觉得"小辫子"这是在表示他对自己不一样,于是捧了从家里带过来——被自己咬了一半没舍得吃完的——巧克力准备献给"小辫子"。

却看见"小辫子"拿了一条完整的进口饼干,塞在他们班的小公主手里,流着哈喇子在小公主脸上"吧唧"亲了一口。

大如哭着把已经融化的巧克力吃掉了,第一段暗恋,卒。

第二个是小学时,臂上戴着三道红杠杠的大队长,每次值勤的时候,他总是把老师的教鞭拿在手上,把课桌敲得震天响。要是被他看见哪个小朋友抄作业、上课讲话、乱丢东西、欺负同学、胡乱打闹等大如同样觉得有违班规的行为,立刻能转头一溜小跑钻到办公室,半分钟之后,就能一脸得意地跟在老师后面看大家各种慌乱的表情。

此时的大如已经明确地发展成一名小胖妞。女孩子不跟她跳皮筋,因为跟她一队一定会因为大如笨重的身材而输掉;男孩子也不跟她玩——不是因为不够漂亮,而是因为她有跟大队长一样喜欢打小报告这种招人嫌的毛病。

大如自以为有一个共同的奋斗目标,大队长一定会对她青睐有加。

可自从大队长被大家票选降级成小队长之后,他们共同的目标消失了,大队长成了对抗老师的中坚分子,只有大如一个人孤军奋战成了全班的公敌。第二段暗恋,卒。

第三个是大如上二年级时邻居家的小弟弟,经常忘带钥匙,被锁在门外，就到大如家搬了板凳坐在门口等父母回来。"小板凳"模样十分乖巧，话也不多，每次找大如借板凳的时候都要支支吾吾闹个脸红。难得有一个愿意经常跟自己接触的同龄异性，大如很欢喜。有时候"小板凳"的父母彻夜不归，打一通电话就让他寄居在大如家里，让他跟大如一起睡，每次大如就感觉好像占了天大的便宜，抱着"小板凳"的脑袋能笑上半夜。

自从"小板凳"父母外出经商，把"小板凳"也一并带走之后，再也没人找大如借板凳，大如又被迫正视自己是一个无人搭理的小胖妞的现实。第三段暗恋，卒。

我被她暗恋八个这个数字给吓傻了，又被她这第三段给逗乐了。

我问："第四个呢？"

大如说："有点忘了，好像是一个成绩很好的学霸，单眼皮大脸盘，也是个小胖子。可自从我发现他屁股上长了一个大痦子之后，我就有幻觉，总能想象出他满脸都是大痦子的样子，我就自己对比了一下，发现不能忍，主动让自己这段暗恋死掉了。"

我被她噎得不行，不忍心追究她是如何发现对方屁股上有个"不治之症"的。

第五个是大如的初中同学，成绩一般，可巧长了一双细长的凤眼，皮肤比女孩子的还要好。如果你们觉得大如只是如此肤浅、如此粗俗地看上了对方的外表，而毫不考虑大如也是个能注重对方内心，追求内心美，文艺多情的姑娘，那么恭喜你们，答对了。

凤眼男生有名有姓，叫温良。他也正是大雪那天大如赴约的对象。

02

雪停的时候,天已经黑透了,大如出现在约定地点的时候,正捂着手、曲着膝盖冻得瑟瑟发抖。

她只穿着秋款的短衣,黑色的 A 字裙和薄丝袜,全身上下唯一看起来暖和一点的就是脖子上那条又厚又长的红围巾。

这么穿的原因实在太明显,只因为短上衣能让腿显得不那么短,裙子能让屁股看着不那么大,薄袜子能让腿看起来不是那么壮,脖子上那条围巾纯粹是为了要挡住她半张肉嘟嘟的脸。

——如果有别的法子让她看起来脸不那么圆,她连唯一保暖的围巾也可以丢掉。

约定的时间已经到了,大如想拿手机戳 MSN 联系对方,心中却又未免忐忑不安。

她和温良已经很久很久没有见过面,他们最后一次见面,是在高中毕业的那个暑假,在初中同学的小聚会上。大如第一次听到温良要去一个与自己相隔十万八千里的城市的消息,只用余光觑着温良光洁白皙的侧脸颊,便开始用一盅一盅白酒灌自己,鼻涕和眼泪都一起流下来,哭成一条狗,逢人不论男女都抱住哭。别人一问,就说大家要散了,心里舍不得。

大学第一个学期结束,大如瘦了十斤,心中十分满意,本以为能在同学聚会上见到温良,好让他看看自己的变化,却得知温良有了自己的初恋。那时,大如仍然满心满怀把温良看作自己至死不渝的初恋,一时绝望心伤,体重也跟着噌噌噌继续涨了上去。

这之后大如跟温良也经常联系,可纵使他恋爱、失恋、出国,大如都没机会跟他再见面。那么多年过去,在夜深人静,大如独自回忆往昔的时候,她依然忘不掉对温良的悸动。

那天,突然有人轻轻拍了拍她的肩膀,略显疑问地喊:"大如?"

大如吓得转过身，一颗心在胸腔里猛地跳起来。温良站在她的身后，带着一贯温润的笑意，眉毛还是那个眉毛，凤眼还是那个凤眼，皮肤还是像他们最后一次见面时一样好。

"真的是你，看背影我差点没认出来！"温良很惊喜。

大如躲在围巾后面傻笑了两声，莫名地觉得，他一张口，自己的一颗心又安安稳稳地放回了原处。

大如曾经设想过他们重逢的各种场景。比如说，瘦成一道闪电的大如跟已经回国的温良相逢在同学聚会上，温良差点没被如今窈窕漂亮的大如闪瞎眼，便抱着一捧玫瑰花跟她求爱："大如，你能做我女朋友吗？"然后已经是万人迷的大如，就可以满心欢喜地用手圈住她年少青春时梦想的脖子，温柔地说出一句："温良，你知道吗？我等你这句话，足足等了七年。"

再比如说，瘦成一道闪电的大如跟回国工作的温良偶遇在中心大厦的电梯里，温良爱上了美丽的大如，抱着一捧玫瑰花在大如公司里跟她求婚："大如，你嫁给我吧！"然后大如就可以哭着扑到他的怀里，说出那句浪漫的话："亲爱的温良，你知道吗？我等你这句话，足足等了十一年。"

还有其他种种玛丽苏、狗血、天雷滚滚的故事发展。

总之，有两个美丽的前提条件，一，大如瘦成一道闪电；二，温良回国。所以在冬夜的某一天，温良在 MSN 上给大如留言"两个星期后我就回国了，我们见个面吧"时，大如像被雷击一样，浑身颤抖，立刻扔掉了手上的薯片。

一直说要瘦成一道闪电的大如，如今依然是那个身高 168，体重 190 的胖妞。胖了这么多年，大概是她的爱情希望没来，等有某个火星让她燃起来的时候，燎原的趋势已经没办法遏制了。

大如拙笨地选择了轻断食，因为会瘦得更快。结果如她料想的一样，两个星期过去，她瘦了十五斤，整个人小了一个 size，只是脸色不好，经常犯晕。

可当听到温良用他温润的嗓音惊喜地说"差点没认出来"的时候,大如就觉得一切都很值。

他们像所有寻常的老同学一样,一起吃了饭,互相问了近况,一起看了电影,分别时留下了最新的联系方式。

03

大如暗恋的第五个对象就是这个模样好看、皮肤好得让女生嫉妒的温良。

初二的时候老师把他们安排成同桌,大如天天乐呵呵地偷看温良的侧脸,心里第一次真正像怀春的少女一样荡漾。

温良话多又聒噪,一点也不像他的人和声音一样稳重。有一天,他戴着口罩来上课,半天一句话也没有。大如觉得奇怪,趁他不注意,好奇地扯掉了他的口罩,却在看到满天星一样的红疹时尖叫出声。

温良出了水痘,大如觉得不喜欢他了。

第五段暗恋,又卒。

温良的水痘好了之后,在很长的一段时间里,脸上都还有一点细碎的小疤印。

大如看他的时候也没了那种犯花痴一样头晕发热、痴痴傻傻的情绪。

不过她倒发现了其他的一些东西,比如说温良其实跟他名字一样,脾气很好,怎么跟他闹也不会红脸。

大如执着地在小胖妞的道路上发展着,班上的同学都不怎么跟她亲近,只有温良,会苦口婆心地劝她:"大如,你还是少吃一点吧,你再胖就没有男孩子喜欢了。"

大如心想，我不再胖还是没男孩子喜欢啊。

不过温良的劝说却被大如记在了心里，被一个人惦念——即使是劝她少吃点——该是一种多么特别的欢喜。

大如开始注意自己的外表，青春期的女孩子体重减不掉，只好在头发上下功夫，吹拉烫卷，各色各样的头箍发卡，恨不得把自己打扮成一颗圣诞树在温良面前招摇。

大如暗恋的第六个人，是一个成绩中上、不会跟她红脸、脾气很好的男孩子，还是温良。

大如终于鼓起勇气给温良写了一封信，悄悄寻了个机会，趁温良桌边没人，塞在他的抽屉里——那时候他们已经不是同桌了，温良的同桌换成了成绩很好的一个女孩子，模样一般，可性格爽朗，是招人喜欢的个性——大如心虚，就要跑掉，蹭掉了温良同桌抽屉里露出来的几张纸，大如闷着头还以为是自己写的信，慌慌张张来捡，却看到是温良遒劲圆润的字体。

一时好奇，打开来看，第一句话是：我喜欢你很久了。

大如猛地憋住了呼吸，因为她还看见一个亲昵的抬头：亲爱的XX。

如你所见，XX 不是大如，而是温良的同桌。

第六段暗恋，又这么"熄灭"了。

自此大如沉寂了好长时间，只管安安分分地上课学习，准备考试，也不管自己的体形问题，吃和睡从来没有刻意节制过。等到顺利确定了直升本校高中的暑假，大如被父母带去学游泳，还成功地压爆了两个救生圈。

这件事传回学校，被许多认识的不认识的同学各种疯传，中心思想只有一个，高一（3）班的大如胖得都能撑破救生圈，然后是一阵略显嘲讽却也无多少恶意的笑声。

大如这才感觉到了苦恼，走在学校里会有人不时回头，顺便跟同伴一边用手掩着口,一边拿眼睛觑她。调皮的男生们会拿她打趣、开各种恶劣伤人的玩笑,同班的几个男生更是有一种莫名的同仇敌忾的气氛,好像大如长得胖,出现在他们的视野里也是一种罪过。

青春期的男孩子跟七八岁猫厌狗弃的年纪一样幼稚。

大如的生活开始变得水深火热,被藏书、砸文具盒都已经是小事情,更过分的是当面的肢体上和语言上的羞辱。这些对抗不是轰动班级的大动静,却格外扎人。

大如并不是一个十分懦弱的人,她写了一份告状书,跑到了班主任老刘的家里,声泪俱下地控诉那些男生的罪状。

老刘隔天把几个男生找来批评教育了一番,几个人扬言要报复大如,闹得最凶的一个还是大如的初中同学。

刻苦学习、成绩上等的温良终于知道了这些事情。一天中午,男生凑在教室后面一起玩闹,温良不经意间勾着为首的男生的脖子:"嘻,你找她能报复什么?你打她一顿,她转头又告诉老刘,老刘又来找你算账,没完没了的,最后倒霉的不还是你吗?"

温良说这话的时候,大如刚进教室,又吓得躲了出去,在门口听得清清楚楚。

大如心里有点想哭。

这之后那些欺侮人的事再没有发生过。

而大如也开始了她的第七段暗恋,是一个在大如看来浑身充满正义与魅力的男孩子,一举一动都能让人的心颠来倒去,对方有名有姓,依然叫温良。

04

大如半夜睡不着,捧着手机看,手机上显示一条五个小时前温良发来的约会邀请:"在国外太久了,特别想吃烤鱼,听说市中心有一家很好,你要陪我一起吗?"

下面是大如一秒内回的消息:"当然好啦!"

大如回完这句就失眠了。

"当然好啦!"这是温良高中时的口头禅,他就是那样的性子,无论别人说什么,总是有求必应,即便做不到,也要想法子帮助别人解决。

温良教她不会的数学题,陪她做元旦晚会节目的魔术排练,只陪她一个。

大如心情不好的时候,随便抱怨了两句,只听温良随意劝慰两声,就能乐呵得好像温良送了她一大束玫瑰花一样开心。

温良说什么她都信,说人生哲理是绝对对的,评价某个人一定是正确的,为某件事做出的解释也肯定是真的。

她什么都跟他分享,无论好的坏的,包括她的情意。因为她知道温良虽然算不上多正直,却一定不会用这个来羞辱她。

温良很早就知道大如的心思——从初中的那封信里。

高二那年,大如把他堵在楼道表白的时候,他就更清楚了。

大如一眼望到他那颗十分善良的心,把自己变得像一只绞在蛛网里的蜂。

因为温良的和善,因为温良对每个人都好,包括肥腻没人理的大如。这让大如总能在不经意的时候撞进一双笑意吟吟的凤眼里,然后一颗心又被搅得七零八落。

她在毕业的时候大哭了一场,在他恋爱的时候又大哭了一场,在他出国的时候终于愿意好好跟他说话:"你在英国终于可以好好练练你的英语啦!"

MSN的那一边,温良发来一个微笑的表情:"要不你也减肥吧,说真的,你五官很好看,如果能瘦下来一定是万众瞩目的女神。"

大如问:"还有呢?"

温良说:"还有什么?"

还有什么?大如也不知道,她其实比较希望温良不要注意她胖的问题,希望他关注别的,比如她刚在省大学生唱歌比赛中得了金奖。

但是在温良即将回国;在温良坐在她身边,在黑暗的影院里笑着,皮肤若有若无地触碰着;在此刻看着手机上温良发来的约会邀请时,她就感觉自己就像死去的灰一样慢慢活了过来。

也许真的像温良说过许多次的那句话,自己要是瘦下来,也是温良瞩目的女神呢。

大如和温良约会的频率是一个星期一次,而她瘦下来的速度是一个星期三四斤。

她找了专门的书,学着给自己搭配了丰富的一日三餐,除了跟温良约会的时间外,每天一定跑五公里,雨天闲来的时候还要泡健身房,做力量训练。

当瘦到140斤的时候,她看着电子秤上那个久违的数字,很想立刻穿上好看的衣服给温良看。大如满心欢喜地等着周末的例行约会,却被温良告知,周末父母有命,回了老家。大如有点失落,收到消息的那个晚上,本来应该去健身房,可她却宅在家里哪儿也不想去。

有人发来一条短信,是个陌生号码:"今天怎么没见你来健身房?"

大如奇怪:"你是?"

对方回:"你猜?"

大如心里想,猜你个大头鬼。把手机一丢没有回。

两分钟后,手机响起来,接通,里面响起来一个欢快的声音:"胖大如,快来健身房!"

等见了面,看着面前比她高一个头的小壮汉,大如指着他瞬间一副恍然大悟的样子,一直"哦"了半天才惊喜地喊出他的名字:"大痦子!"

05

"大痦子"真名叫吴柯,是大如的小学同学兼大学校友。

大如在少不更事的时候,不知道听哪个混蛋说扒了聪明小孩的裤子,看他的屁股就能变得和对方一样聪明,于是还处在暗恋阶段的大如就勇敢地冲吴柯下手了。

一直到上大学,在校园里偶遇老同学的时候,大如第一句念叨的还是那个痦子:"大痦子!你屁股上的痦子怎么样啦!"

吴柯除了有一个让大如念念不忘的痦子,还有一个大如觉得很稀罕的地方,就是吴柯从小到大也是个胖子。

可此刻见到面前这个瘦了两圈的吴柯,大如觉得有点找不到自己的下巴:"你你你,居然还有肌肉了!一起拍学士照的时候,你还是两百多斤呢!"

大概有许多人对吴柯表示过这样的惊讶,可听大如这么一说,吴柯还是有点不好意思,还有点大男孩的腼腆和羞涩。只晓得嘿嘿笑,然后仔细跟大如讲他的瘦身经验。

吴柯的经历摆在大如的面前,给了她彻头彻尾的刺激,又有一句话彻底点醒了她:"我曾经很喜欢一个女孩子,可我太胖了,觉得追不上她。减肥之后我才发现,除了爱和薯片,还有许多别的东西。"

"每个人都该为自己而活。"

大如似乎寻到了一点方向,她开始好好规划自己的健身计划,心中默念的不再是"为了温良",而变成了"为了那条L号的裙子"或者"为了下周面试的时候能被录取"。

温良回了老家又有急事去了英国，两个月后温良回来的时候，他差点没认出，那个等在出站口，穿着印花长裙、风姿绰约、娉婷袅娜的姑娘就是之前那个圆滚滚的大如。

温良有种吾家有女初长成的欢喜。他藏着一枝水晶蓝的精致玫瑰，本来是打算等到他对大如感觉合适的时候送给她。现在远远地看见大如那张小了两圈的脸，他觉得现在就是最合适的时候。

温良献出了那枝小玫瑰，俊男靓女的组合惹得来来往往的乘客纷纷驻足，惊呼声一片。

"大如，你能做我女朋友吗？"

围观的群众在起哄，有许多人在拿手机拍摄。

大如恍惚了，这句话在她的梦里出现过千百次，瘦成闪电的大如和回国的温良。

她本可以像幻想中的那样，哭着扑到他的怀里，跟他说："我等你这句话等了整整十一年。"

可是大如看着面前的温良，看着他期待的眼神，半晌什么也没做。

就在十个小时之前，吴柯拉住她的手，告诉她，他爱了她很多年，知道他们在一个大学里十分高兴。最初也许是幼年时大如留给他的粗暴的印象过于深刻，可是后来，他喜欢她眯成一条缝偶尔闪出狡黠目光的眸子，喜欢她在社团里忙来忙去，勇敢无畏的执拗，喜欢她在舞台上抛弃一切深情歌唱的样子。

大如专注做一件事的时候，吴柯只觉得她好美。连带着她对温良用心了那么多年，他也只觉得她美。

他想为她减肥，让自己更能吸引她的目光。

好像一瞬间，大如就看到了另一个自己。

她早起候机，在出站口望着熙熙攘攘的人群，把飞机候了一班又一班，然后终于看到温良，在他终于说出她曾经梦寐以求的那句话的时候，她看着他的眼睛，缓缓而坚定地摇了摇头。

06

"你知道我当时在想什么吗？"大如指着相册上的一张照片，乌压压一圈的中心，一个凤眼男生举着一枝水晶玫瑰站在一个印花长裙的女孩面前——不知道是哪里混来的路人偷拍的照片。

我努努嘴，表示不知道她怎么舍得温良。

"我想，可能我第七段暗恋也死了。科学表明，人的细胞每七年会全身心地更新一次，如果因为我太胖，有些细胞更新了十一年还没更新完的话，在我瘦到100斤的时候就完成了最后的进度条。我已经不爱温良了，他的很多事情我都没法理解，如果说还有什么感情的话，大概是爱着自己曾经喜欢他的感觉吧……"

"那吴柯呢？"我打断她。

大如对我的不解风情很不满意："我每天要上班，晚上要去健身房，周末要学英语和瑜伽，我忙都忙死啦！再说，他现在舍得对自己好，就一定会遇见一个相互吸引的姑娘的。"

钟敲过下午两点，大如准备收拾收拾去上瑜伽课。

我忙拉住她："不对不对，你说你暗恋了八个人，现在满打满算才只有七个，第八个呢？"

她狡黠一笑："对方有名有姓，叫大如。"

岁 月 它 不 会 辜 负 你

并不是每一个你等的告白,
都会如期而来

文/绿北

也许这个世界上总会有一个人,
让你心甘情愿背叛所有的信念和坚守。
他的笑容是你的地狱,你愿为之付出一切。

元宝曾经用饱经沧桑的语气跟我说:"阿绿,你知道人是在什么时候长大的吗?就是某一天,你发现你没有表白的勇气了,你开始怕被拒绝,你不敢勇往直前,你不再是那个摔在地上站起来拍拍土,继续往前走的你了。"

"你遇到那个害怕表白的人了吗?"

元宝几乎要哭出来了:"遇到了,可惜在我敢表白的岁月里,他早就拒绝过我了啊。"

元宝是看《美少女战士》长大的美少女,她的梦想是要嫁给像夜礼服假面那样的人。她每天在人群中寻找着那个如同小卫一样英俊的侧脸,她莫名地相信着,长得那么英俊的人,也一定拥有着温柔的心。

直到她遇到了程颂——

那一年,元宝姑娘明白了一件事情,哪怕你遇到了夜礼服假面,如果你没有月野兔那样坚强的心,也没办法得到他的爱情。你反而会在这样横冲直撞的过程中,伤痕累累,失去所有叫作勇气的光芒。

01

谁年轻的时候没爱上过光辉灿烂的人呢。根本不会考虑配不配、能不能天长地久。每天想的都是,我喜欢他,他喜不喜欢我啊?以至于突然被拒绝的时候,还缓不过来神。

欸?原来我那么久的喜欢,就这么结束了吗?

元宝从没想过,这一生会再次遇到程颂。在一家拉面馆。

有些少女在年华的洗涤中变成了优雅女青年,也有另外一些少女,变成了彪悍女枭雄。

元宝大义凛然地站在林主任身前的时候,后背出了细细的一层汗。心里怕得要死,完全想不通自己为什么会在闪亮亮的菜刀面前,但她就是本能地挺身而出。

身前五步之外,是一个手持菜刀、神情慌乱的男人。他浑身都在抖,持刀的手却攥得紧紧的。

元宝吓得要死,眼睛紧紧盯着在眼前晃来晃去的菜刀,尽量让自己的声音温和一些,以免惊吓到眼前的人:"先生,因为您没有食品卫生许可证,我们只是例行检查。"

"你们都是骗子!"他激动地挥着双手。

"元宝,你退后点。"元宝身后的林主任拉了拉她的胳膊。

元宝正要回头说没事,就感觉到手臂一痛。

刀刃十分锋利,一下就划破了她的几层衣服,直接在她的小臂上划出了一道长长的口子。

男人一见到血,受了惊,疯了似的挥刀。

就在这时,元宝突然被人推开,再看过去,那人已经被压倒在地上,而跪在他身上,轻松解决了眼前险况的男人,身穿黑色羊绒外套,正无奈地回头,看着元宝满眼叹息。

不久,警察和救护车都到了。

元宝的伤口得缝针,还需要随车去医院。医护人员喊了声:"有没有家属陪同?"

一直沉默的羊绒大衣男人却在这时走了过来,迈上了车。

元宝抬头直直望过去："先生……你……"

那男人突然一笑，像是深冬里的雪突然化了。她这才在他英俊的五官里找到一丝熟悉的感觉。然后心跳如鼓，不能自已。

元宝故意咬重字音，一字一顿："你刚才在那边做什么啊？"

程颂的笑容里带着一种看白痴的俯视："吃面啊。"

谁能想到海归精英回国的第一天，就是去小吃街吃一碗再寻常不过的牛肉面，甚至为了把面吃完，眼看着故人被砍了一刀才出面解决问题……

身为故人的元宝，用低头的动作掩饰突然发热的眼眶。

元宝第一次见到程颂的场景，其实也有异曲同工之妙。

在大街上遇到一个男生拖着一个女生走，女生不停挣扎呼救，男生却说是情侣吵架。换作是你，你会怎么做？

当元宝真正遇到这个场景的时候，根本没有考虑就冲了上去。她一拳打在男生脸上，随后却被女孩一把推开。

女孩一边用脚踢元宝，一边心疼地抱着男孩的脸问："老公你疼不疼啊？"

吃瓜群众集体蒙圈。程颂是路过去学工办送资料的，认出是自家学妹，忍不住走过去把她拎走。

每次都是这样，她是看似英勇实则狼狈的女英雄，而他是看似冷漠实则更冷漠的男神学长。

可年轻的元宝，却傻傻地觉得，这么英俊的学长，一定很适合做男友。

"还走吗？"缝完针在医院分手的时候，元宝忍不住问了出来。

程颂一顿，还是回答了她："不确定。"

最后，在元宝结结巴巴的要求下，程颂留下了自己的微信。

有种爱情叫作"只要还活着，就不懂什么叫作死心"。

02

自从遇到程颂,元宝就像三魂去了七魄,每天盯着程颂的朋友圈。可程颂的朋友圈真的是寡淡如水,只是偶尔会转发一些行业干货,根本没有个人动态。

元宝时而发呆,时而叹气,时而抓狂。她一方面觉得自己多年后还是没有任何长进,实在沮丧;另一方面却根本不能控制住想念一个人的心情。

元宝因为英勇地保护了主任,被特批了几天假期。可谁也没想到她会用这几天的时间去买醉。

当程颂接到大排档的电话,喊他去结账的时候,一瞬间以为是自己出现了幻听。

元宝醉得厉害,趴在狼藉的桌子上醉眼蒙眬,身边坐着一个看起来不到十岁的男孩,紧紧盯着她。程颂到了以后,男孩如释重负,伸手指了指烂醉如泥的元宝,对程颂说:"这是你女朋友吧?快带走,我们要打烊了。"

原来是大排档的老板怕元宝一个女孩喝多了被人带走,出什么意外,特意喊自家儿子来看着。没想到小男孩翻到了元宝手机里的电话,打了过去。

程颂站在原地,不知该如何下手。看到桌面上的电话,他翻开了通话记录,最近打出的一通电话,备注是"最喜欢的人",号码分明是自己的。

程颂忍不住叹了一口气,将元宝背了起来。

她趴在肩头醉语呢喃:"喂,你为什么回来了呢?我明明……都快忘掉你了。"

年轻的元宝,并不是没有虏获过程颂的心。

任谁对一个每天笑嘻嘻的漂亮姑娘,尤其是这么努力的追求攻势,都很难无动于衷。程颂也不过是个普通的男孩,甚至还纯情得保留着初恋。她的勇敢、坦诚、热忱、天真,无一不撩动着他的心弦。她会因为他的一个眼神伤心,也会因为他的一个举动而雀跃。这样能够操纵影响别人的心,程颂也会有种莫名的虚荣感。

渐渐地,就发现这个鲁莽的姑娘,比谁都喜欢他。

有人说,女孩子经常容易喜欢上那个对自己告白的男孩。其实男生也一样,谁也不是铁打的心,总有融化的一天。

元宝时常给程颂送各种零食,哪怕程颂转手都给了同学;元宝时常约程颂出去,哪怕十有八九,程颂是会拒绝她的。但十次有那么一两次,也足以鼓舞元宝继续努力下去了。

元宝追了程颂一个月的时候,程颂开始对她有几分熟悉的神情了。

元宝追了程颂一个学期的时候,程颂答应陪她去看无聊的爱情片了。

元宝追了程颂一个学年的时候,程颂听说,元宝其实早就有一个异地的恋人了,一瞬间,他比谁都害怕自己动了心,落下狼狈的结局,于是狠心抽身而去。

那天,元宝在整个年级的公共QQ群里发了一个匿名消息,对程颂告白。

程颂正因为听到了元宝异地恋人的消息满心暴躁,根本没发现是在群里,以为是私聊,于是他直白地回复——林元宝,别做无聊的事儿了。

满心粉红泡泡的元宝,在QQ这头雪白了脸。

元宝在考完试,宿舍封楼的那天找到了程颂。

她看着程颂,用从来没有过的认真问他:"程颂,你是不是真的一点都不喜欢我?"

程颂的眼神在她身后的某处轻轻顿住:"以后再说吧。"

这种含混的敷衍，分明给了元宝最清楚的答案。

元宝再也没有出现在程颂面前，程颂也不是死缠烂打的性子，哪怕那样惶然无措地心动过，可不擅长的事情，程颂真的没有做过。只能任由那个那么喜欢自己的女孩子，一次次面无表情地与自己擦肩而过。

元宝不知道的是，她告白的那一天，程颂的父母来接他，程颂真的没办法在父母面前坦然接受一个女孩子的告白，那不是最好的时机。他已经下意识地想把最好的时机留给她。

可一切，已经来不及了。

元宝醒过来的时候，并不是在狗血小说里时常出现的宾馆，也不是男主程颂的家，而是我家。程颂刚刚走，她就睁开了眼睛，看着我了无生趣地说："他为什么没有乘人之危？为什么没有带我去开房？为什么没有生米煮成熟饭？"

为了买通那个小男孩帮她打电话，她花了一百块，特别设定他的电话备注从"臭混蛋滚开"到"最喜欢的人"，设计了这场他无从回避的局。可他，还是把她轻轻推开了。

"阿绿，是不是不管我怎么努力，都没办法得到他的爱情了？"

"你还敢去告白吗？"

元宝犹豫了半天："我不知道，我可能不敢。"

"等你敢去告白了，"我忍不住摸了摸她满是泪水的脸，"才有资格说，你真的一直在爱，一直那么爱。"

03

这世上最虐心的事情，也许并不是"与男神重逢"，也不是"与男神重逢，男神有了女友"，而是，"与男神重逢，男神有了女友，女友还不如她美"。

并不是每一个你等的告白，都会如期而来

元宝看着程颂身边抱着他的胳膊撒娇的那个女孩,拉着我快步离开了商场。

有生之年狭路相逢,终不能幸免。

她坐在冷饮店里,久久不能回神,玻璃盘里的雪球化成了一片泥泞。我坐在对面,也根本没有任何话可以拿出来安慰她,最后,元宝做出了一个可怕的决定——她要把程颂抢过来。

多少年了,程颂根本已经成了她的心魔,她已经阻止不了自己,我更阻止不了她。

她一直都是正义感特别强的那种人,时常因为一腔热血横冲直撞,时不时就因为见义勇为,受点这样或者那样的小伤。可为了程颂,她竟然做出了这样的选择。

也许这个世界上总会有一个人,让你心甘情愿背叛所有的信念和坚守。他的笑容是你的地狱,你愿为之付出一切。

元宝开始跟踪女孩,夏天36℃的高温里,她戴着棒球帽、捂着口罩、穿着长袖的工装服,一天下来浑身是汗,几乎虚脱,可她没喊过一声累。

一周以后,元宝知道女孩的微博昵称叫作红茶,朋友们都喊她茶茶,水灵灵的大三学生。虽然五官没有多精致,但是天真,胜在娇憨。可这样的风情,元宝也不是没有过。当年她撒娇磨人,十八般武艺样样精通,也依旧没有拿下程颂,凭什么多年以后,这个平淡无奇的姑娘做到了。

知道红茶有健身的习惯以后,元宝也在同一个俱乐部办了会员,特意选和红茶一样的时间去健身,时间长了,在元宝的有意接近下,两个人多少有了点交情。

红茶其实性格直率,挺可爱的,如果不是因为程颂,元宝也许真的能和她成为朋友。说起来,元宝并不是一个合格的坏姑娘,此时此刻,她动摇了。

红茶抱着元宝的胳膊撒娇:"元宝姐,你的健身服好好看啊,周末陪我去买好不好？我请你看电影啊。"小姑娘眼神很干净，元宝一瞬间心软了。

做完运动，两个人洗完澡，换好衣服出来，才发现下了雨。正一边说话一边往外走，红茶就接到了一个电话，她眉目弯弯，与元宝道别。

元宝站在二楼的窗户前面往外看，撑着伞的男人，接上活蹦乱跳的红茶，两个人在一把伞下走着，依偎得很近。那男人有着元宝一辈子也忘不了的背影。

程颂，你又把我送入了魔掌。

元宝咬牙切齿地站在原地。

元宝主动约了红茶周末逛街，红茶欣然答应。

两个姑娘都是笑起来甜甜的样子，走在一起倒像是姐妹一样。他们在商场里玩儿疯了，最后竟然真的买了一样的T恤，如同无数的姐妹闺密一样亲密。

元宝请红茶吃沙冰，状似无意地问道："茶茶，有没有谈恋爱啊？姐姐给你介绍一个好不好？"

一向爽朗直率的红茶瞬间红了脸，支支吾吾不肯出声。但她嘴角的酒窝，甜蜜的眼神，无一不泄露着她正快乐地爱着。

元宝被刺激得红了眼。她一边说服红茶多报了一个瑜伽课程，一边开始绞尽脑汁地接近程颂。她穿着红茶帮她参谋买回来的衣服，粉白相间的T恤，透着小姑娘的清新。元宝忍着心酸，在程颂家门口，守株待兔。

她知道这天，程颂晚上有聚会，会很晚回来。于是她特意坐在楼道里等，等到凌晨，四肢发麻。大厦里空调很冷，她浑身都冷透了。

程颂回来的时候，看到几乎晕过去的元宝，果然不忍心马上让她离开。他请她进了屋子，然后给她热了一杯牛奶。元宝低着头一小口一小口地抿。程颂坐在她对面，问她："有什么事吗？"元宝可怜兮兮地提出了要求："我可以洗个热水澡吗？"

她冻得嘴唇都紫了。程颂沉默了片刻,就去洗手间放热水了。元宝在心里小小地欢呼了一声,她的眼神轻轻落在了程颂留在桌子上的手机上。就在此时,手机突然响了起来。屏幕上出现红茶可爱的笑脸,元宝静静地看着她。

安静的房间内,手机嗡然不止。

然后她突然把手机抓起来,屏住呼吸,划开接听:"喂?"元宝从来没有过这样温柔的声调。

红茶在电话那边疑惑地"咦"了一声,然后机警地问道:"你是谁?"

元宝轻轻挂断电话,紧张地盯着它,红茶却没有再打来。不知道过了多久,程颂走了出来。他说:"你可以去了。"

元宝轻轻松了口气,似乎是下了什么决定,元宝站起来,走到程颂面前,一双眼睛认真地看着他:"程颂,我喜欢你,这么多年一直喜欢你。这也许是我这一生最后一次有勇气向你表白。程颂,你愿不愿意接受我?"

他静静地低头,看着她。

像是受了蛊惑,元宝站在程颂面前,慢慢踮起脚,吻向他的唇。就在快吻上他的时候,手机再一次响起,元宝一把推开程颂,转身冲了出去。

一种无以名状的羞耻感抓住了她的心。

为了爱程颂,元宝把自己放弃了,然后变成了一个她觉得配不上程颂的自己。

因为这落荒而逃的羞耻,元宝并没有注意到,他们几乎要接吻的瞬间,程颂猛然闭紧的、害羞的眼。

04

元宝在程颂的世界里消失了。

我只收到了她的短信,据说是回老家探望奶奶。元宝小时候在奶奶家长大,与老人关系极好。她人生中每次遇到挫折,都会回去寻找庇佑。她说,每次听到奶奶的唠叨,就会觉得这个世界还是那么好,她还是无忧无虑的元宝。

程颂曾经几次找我探听元宝的消息,可元宝电话关机,我也无从联系。

程颂看起来很憔悴。我忍不住问他:"你不是有女友了吗?"

他哑然失笑:"我一直都在等她告白。红茶,是我的亲妹妹。"

"你知道元宝……红茶……"我几乎找不到话来回应。

程颂却露出一个苍白的笑容:"我知道。"

语带深意的三个字。原来他一直都知道,知道元宝的执拗,知道元宝的深情,知道元宝的念念不忘。

可是很多故事的死结在那里,只有从死结处重新开始,才能洗刷掉所有不美好的记忆。他年轻时,是那么的怯懦和懵懂。于是他想了她那么多年,无数次地演练重逢的场景。直到真的再一次见到她,他已经长成和所有人一样的麻木而安静,她却依旧耀眼肆意,热血沸腾。

元宝如同彼得潘,是他长不大的小女孩。

他时常去同学群里更新自己的联系方式,隐身仅对元宝在线。可他不知道的是,自从告白失败,元宝再也没有登录过QQ。

回来以后,他每天都在等元宝的告白,正如同他离开的日子里,元宝从来没有说出口的守候。

我看得不忍心,把陈年的同学录都翻了出来,终于在一个满是尘土的本子里,找到了元宝奶奶家的地址。我把它交给程颂的时候说:"并不是每一个你等的告白,都会如期而来。"

结局其实没什么好说的。

元宝姑娘根本不知道什么叫作矜持,程颂同学站在奶奶家楼下的时候,她就看见他了。她丢掉抱在怀里吃了一半的西瓜,连蹦带跳地跑了下去,抱住那个她爱了太多年的男人。

从青葱年华,到郁郁岁月。

从情窦初开,到情深蔚然。

你总会等到有情人的告白,但如果它来得晚了些,就起身去找他吧。

岁 月 它 不 会 辜 负 你

请在对的年纪和我相遇

文/周papa

爱到窒息、奋不顾身多是在热血轻狂的年纪,我们都没有经过现实的打磨,身上竖满芒刺,偏偏又还没有能力轻言永远、承担后果。等到彼此都为刺所伤,鲜血淋漓,不得已捂着伤口分别,身上的刺便也钝了三分,少了些攻击力。

六月一来，乌云就在城市上空停留了数日不曾离去。本是长江沿岸的"火炉"，却因为连续降雨，气温费尽心力也爬不上30℃。

洗衣机轰隆隆响，关了窗也盖不住外面的雷声。阳台上那双被雨泥溅花的白布鞋晾了好久还没干，刚铺上床的被子有一股说不出的霉味。

南方的夏天总有下不完的雨，连空气都是黏糊糊的。

18岁那年，高考结束那晚也下着这么大的雨。雷电连接天空和大地，从中撕裂了一道巨大的口子，汹涌的雨水就从那道口子哗啦啦地往外倒。

最后一科是英语，扔下文具的我迫不及待就往外冲，一心想着挣脱束缚、拥抱自由，心里埋着千万句话，奔腾着千万匹马，越走越快，越走越快，然后脚一滑摔了个狗啃泥。

这一跤可能触怒了神灵，乌云瞬间覆过晴空，大雨倾盆而下。

那天我哥结婚，不知道是不是专门为了方便我，婚礼举办的酒店就在学校隔壁。我穿着脏兮兮的校服步行过去，路过大礼堂时，每个看到我的亲戚都要问："考得怎么样？"话毕再一脸同情地上下打量我。

我不搭理他们，只想找个没人注意的角落坐下，吃完饭就走人。

可惜还是被我哥发现了。他身着一身帅气西装，挽着漂亮的新娘走过来，哼！简直就是个衣冠禽兽。然后新娘，也就是我的嫂子，关切地问我："周周，考完了吗？考得怎么样呀？"

我说："好得不得了！我要上清华了！"

我哥白了我一眼："你能不能好好说话？"

我白了他一眼："不能，我青春期。"

有人来提醒婚礼马上就要开始了，于是我偷偷溜开，拿出手机刷微博，看到新闻说周杰伦有绯闻女友了，不禁更生气，觉得全世界都在欺骗我。

再往下刷，看到小冉姐姐发了一条微博：从前从前，有个人爱你很久。

她自己在下面评论：今天全世界都在祝你幸福，那就，祝你幸福。

我回复她：谁说的！我就祝他们不幸福，我站定你这边了。

评论发送成功时刚好大堂的灯光熄灭，只剩宴桌上的烛火还在摇曳，大门推开，甜蜜的气氛满溢得令人窒息。周晨浩今天看起来倒还算风度翩翩，哪里还有以前的小痞子样，新娘子更是美得不像话。

那时我只觉得他不是人，始乱终弃，道貌岸然，哪里懂什么是与非。

我更不知哪里有觥筹交错，哪里就有黯然神伤。河岸灯火通明，几家欢喜几家愁。

周晨浩是我的堂哥，比我大六七岁。按理来说，哥哥在妹妹心中的形象都是高大的，可我一点也不崇拜他。

毫不夸张，他从小就是个浪子。

上小学的时候，学校里两个女生因为争论"周晨浩到底更喜欢谁"而大打出手。小姑娘打起架来也是很可怕的，又是扯衣服又是糊冰淇淋，最后他的家长被老师叫去，理由是"年纪轻轻就言语轻佻，让女孩子误会"，伯伯气得回家暴打了他一顿。

初中时，他每天趁家里人睡了就偷溜去网吧包夜，第二天早上六点再潜回家。不知道被哪个朋友带得误入歧途，回家偷我伯伯的烟抽，又是被一顿暴打。

高中就更厉害了，和那群狐朋狗友一起打打杀杀，提着刀冲锋陷阵，最严重的一次直接被抓进少管所关了三天。为此举家上下鸡飞狗跳，伯伯不知道找了多少关系才把他捞出来。他出来那天刚好是中秋节,合家团圆,大酒大肉摆上桌,他连吃了几天水煮菜的身体没招架住,结果闹得上吐下泻。

这些"英勇事迹",都是大人们聊天时,我从门缝里听到的。

我上初中时念的市重点离家远,便住在周晨浩家。伯伯他们工作很忙,每当他们加班不在家,周晨浩出门都必须捎带上我这个拖油瓶,久而久之,我也算对他的烂桃花了如指掌。

很难想象,像他这样一个身高不到一米八,长得没有胡歌帅,还劣迹斑斑的人竟然那么受欢迎。上至学校女神,下到酒吧陪酒妹,个个都爱他爱得死去活来。可能她们都不知道,他只是一个占着电脑打魔兽到凌晨三点都不让我查资料的自私鬼。

他交过很多女朋友,我一个都看不上,除了小冉。

我看不上的其中某个,是个白富美,身高一米七,穿着高跟鞋的时候比他还高,出门妆浓得堪比舞台妆,放到现在可能会成为网红。而最令人印象深刻的,是她的公主病和暴脾气,一言不合就摔东西。他们吃散伙饭时我也在。结果白富美吃着吃着就拿起盘子往地上摔,摔完盘子摔红酒瓶,玻璃碴飞溅,割破了我的腿。白富美摔完东西拿起包走了,周晨浩却吓坏了。好歹是个见过腥风血雨的江湖浪子,他居然急得像热锅上的蚂蚁,除了来回跳脚都不知该干啥。

还是服务员姐姐贤惠,急忙找来了创可贴,她那双手白莹莹的,温润如玉,凑到我伤口旁的时候携了一丝凉风,只能让人想到一个词:冰肌玉骨。

她帮我贴好创可贴,然后轻声问:"没事了,还疼吗?"连声音也是甜甜的,我立马就喜欢上了。

我猜周晨浩也立马就喜欢上了，不然他不会定住看了十分钟。

那时候伯伯还没给周晨浩买车，他和我打车回家。一路上我们俩都没说话，只剩交通广播里的路况拥堵播报，出租车的计价表一直跳个不停。车停在单元楼楼下，六楼的灯已经亮了。

我在书包里翻钥匙，他这才忍不住开了口。

"喂，周周，你受伤这事能别告诉他们吗？"

"不，"我在心里飞速盘算着要挟的筹码，"外带肯德基全家桶，不然免谈。"

他赶紧点头，想必他也很清楚，在伯伯心里他这个净惹事的儿子的分量，还不如我这个成绩优异的侄女。

上楼时我跺响声控灯，然后又鬼鬼祟祟地问他："你是不是看上今天那姐姐了？"

"没有。"

"那就好，你的铁蹄已经毁了无数鲜花……"我停了停，"不要再污染这一朵了！"

他作势要揍我，我一溜烟跑上了六楼。

但我的警告是没有用的，周晨浩是谁啊，浪里小白龙。这世上或许有他吃不到的东西，但一定没有他追不到手的姑娘。

过了几周，我和同学出去看电影，回来的路上经过那家餐厅，结果就看到周晨浩从里面走出来，手里还抱着一只泰迪。

我见他走了才摸索进店，也是在那个时候，我知道那个又温柔又乖巧的姐姐叫小冉。

小冉那时上大三，家住遵义，闲时在西餐店里做兼职。不得不说，她真是深得我心，和我哥以前那些俗气的女朋友完全不是一个档次。她喜欢看书，写字很漂亮，最最重要的是，她也喜欢周杰伦。

周晨浩抱出去的泰迪是她刚收养的流浪狗，学校不让养宠物，她正为此发愁,周晨浩就自告奋勇要替她照顾。

伯伯下班回家见到那只在周晨浩脚边撒野的小动物,皱了皱眉:"自己都养不好,还养狗。"

所幸伯母很喜欢这个小成员,还给它起名叫"嘟嘟"。她看电视的时候,嘟嘟就爬到她腿上坐下,陪她一起看;她做家务的时候,嘟嘟就在旁边摇尾巴。

伯伯、伯母加班频繁,所以我有很多机会见到小冉。她要上班,周晨浩就在西餐店里喝一天的咖啡。后来我背着课本和作业去,不会写的物理题她都教我,周晨浩这个学渣、文盲就只能在一旁撑着头发呆。

家里人都很欣赏她,伯伯那么不待见周晨浩都对她赞赏有加。我的14岁生日,一个稀松平常没有任何特殊寓意的年龄,连我亲爸妈都忘了,小冉姐姐却送了我蛋糕和周杰伦的专辑。14岁,那可是一个拥有一张CD就可以上蹿下跳好久的年纪。

他们那么好,全家人又那么喜欢小冉,我以为他们会结婚的。

在偶像剧和言情小说中,定义结局圆满的标准不就是结婚吗?如果我们说一个故事是 happy ending,那结局一定是男主和女主跨过男二女二、穿越艰难险阻,拉着彼此的手走进婚姻的殿堂。这时婚礼进行曲响起,一番回忆杀,然后屏幕上出现"全剧终"。

这个故事里没有横刀夺爱的男二号,也没有阴险狡诈的女二号,他们怎么能不圆满呢?

周晨浩没过腻浪迹天涯的日子,只知吃喝玩乐。一开始,他通宵打牌,小冉不辞劳苦地给他送大骨汤;他无所事事,她也安慰说以后要加油。

可她毕业了,漫无目的的恋爱也该到此为止。到了该谈婚论嫁,寻找归宿的时候,该抉择去留了。遵义老家那边催得紧,她却没办法说服家人同意自己为一个游手好闲的人留在这里。

天刚蒙蒙亮,周晨浩通宵泡吧回来,她肿着眼睛候在单元楼楼下,把一切都摊开说了。

她问:"周晨浩,你到底有没有想过我们的以后?"

周晨浩带着宿醉的困意拍了拍脑袋,开玩笑地咧咧嘴说:"我现在什么也没有,拿什么跟你谈以后呀。"

早上七点,我背着书包去赶早自习,蹦蹦跳跳地跑下楼,却看到了铁门外的两人。就着灰扑扑的天,我见证了那一幕。

"那你就从来不考虑吗?我还会打掉第二次第三次吗?"

"我不知道。"

没有扇耳光的狗血戏码,小冉冷冷地看了他一眼,然后拖着行李转身走了。

我吓得屏住呼吸,然后猫着腰折回楼上,掐好时间再装作若无其事地走下来。几分钟后,周晨浩还立在清早的冷风中,神色比刚才还憔悴了好多。

我和我这个不成熟的哥哥都不知道,她在楼下等了一夜,等着发出这最后的通牒。

他们分手后,我只再见过一次小冉。

周末伯母带嘟嘟出门散步,下楼时嘟嘟跑太快她没跟上,等她拐出小区时,马路上已经只有满地的鲜血和再也不会动弹的躯体了。

伯母哭了一夜,魂不守舍了几个星期,切菜时差点伤到手指。

小冉到楼下时打电话给周晨浩,他带她去埋葬嘟嘟的地方。

小小的拱起的泥土堆不仅埋葬了一条曾经鲜活的生命,也连带着埋葬了他们死去的爱情。

秋天的冷风萧瑟,天黑得也快,黄灿灿的落叶铺满了整条街,走起路来都窸窣作响。周晨浩埋着头,沉默了好久才说:"对不起。"

最暗的不是天色全黑，而是将晚不晚，路灯却没有亮起的时候。在那个时候，沉默横亘了好多秒，后来第一盏街灯亮起，之后接二连三的街灯也都亮起，世界又明亮起来了。

她牵强地笑着说"没关系"，温柔一如初见。

这次她走了，真的就再也没回来。

有一天家里大扫除，伯母主力，我帮她打下手。替周晨浩卸下床单被套的时候，我无意中在枕头下发现了一个病历本，病历本上写着小冉姐姐的名字。

医生的字都是很难认的，可我还是勉强看出了大概意思。

不能生育。

小时候我以为自己是石头里蹦出来的，所以一开始对这样的字眼还没有概念。直到生物课上，老师义正词严地讲解了繁殖的奥妙，复杂的器官在课本上被剖面图详尽展示出来，我才大概明白"不能生育"的含义。

高二那年，我低头走路，横穿田径场时与骑车的男孩相撞，他搁下车走上前来。碰巧今秋的最后一期桂花开得正盛，天边的夕阳正红，寒流与暖意交融，于是有幸初尝了恋爱的滋味。

他叫宋歌，我也有了不能与他人诉说的心事和甜蜜。

周晨浩难得几年没谈情说爱。伯伯托关系给他在证券公司找了个职位，他老实巴交地从基层做起。

周末，我和宋歌聊天结束，忘关对话框和电脑屏幕就去洗澡了，结果吹完头发回到客厅，发现周晨浩整个人都变了张脸。

等大人都睡了，他语重心长地对我进行了一次思想开导。

他穷尽毕生所学词汇，义正词严地对我说："你现在这个年龄不要谈恋爱，影响学习，而且高中的爱情是没有未来的。"

我不以为然地耸了耸肩："你在我这个年龄的时候已经谈过十来个

了。"

"所以那些都没有成为未来。周周，哥以一个过来人的身份告诫你，这个年纪的男生没一个靠谱的。"

"哟，你这不是在损你自己吗？你也不靠谱？"他又不知道宋歌是个怎样的人就下此定论，我有点生气。

他被我突然拔高的音量吓到，忙紧张地摆手示意我小点声。过后笃定地点点头："我何止不靠谱，我……"他没说完，谈话就这样没了下文。

那是只有我、小冉姐姐和周晨浩知道的秘密。只不过他们以为我不知道。

不谙世事的我尚且不知，这个年纪的男生不靠谱并不是一概而论。他们不是人品不好，甚至不是像曾经的周晨浩那样花天酒地。

只是晚熟的男孩还不懂责任和担待，而年轻的姑娘总是需要那份担待来稳住不安的心。

周晨浩后来还是交了女朋友，对方是个活泼的女孩子，说话的时候嘴咧得很开，露出两排大白牙，总是能讲出很有意思的段子，大家闺秀却勤快能干，上得厅堂下得厨房。

我已经长大到即使一个人在家也可以自食其力煮面、煲粥、炒饭，再也不用当他的拖油瓶了。所以这一切都是他把女朋友带回家见家长时，我才顺便知道的。这个姐姐叫林子，伯伯和她聊天时经常笑得直不起腰来。她从家里抱来一只刚产下的小狗，伯母见的第一眼就恍惚着开口叫了"嘟嘟"。

所以这条泰迪还叫嘟嘟，尽管残酷，却逃不过沦为替代品的命运。

我没想到周晨浩一声不吭地就处了对象，更没想到，大年三十回奶奶家过年，他也带了林子去。家里人都沉浸在"周晨浩终于懂事啦"的喜悦中，奶奶夸赞林子姐姐的伶牙俐齿，握着她的手笑个不停。

生活从来不会因为少了谁而停止运转。几年过去了，小冉的那一篇早就翻过去，没有人会故意提到那个昔日深受喜爱的女孩。

除了我。

我关注了小冉的微博，经常看到她发些自己写的东西。有些文字太过晦涩，我不大懂，却能感受到字字悲伤入眼。她还发用吉他弹唱周杰伦的视频，那些歌用甜甜的嗓音唱出来别有一番风味。

高考临近，我无暇顾及他人的事，只关注眼前和自己，临近考试的最后一个月，我搬回了自己家。

端午节放假的时候，我才听父母提起，周晨浩要结婚了。林子怀孕了，于是伯伯替他出了大部分钱，他也贡献了自己几年的积蓄，一套两居室的房子一次性付清全款。拍婚纱照、领结婚证，一切都雷厉风行，算命先生挑了个良辰吉日，婚礼就定在我考完那天。

这一次我很生气，不光是突如其来的讶异，更多的是替小冉打抱不平，替她曾经的错爱感到愤懑。以前周晨浩总是换女朋友，我甚至怀疑过他会不会一辈子不结婚，连小冉这么优秀的女孩子都没能让他浪子回头，可现在，一个才出现了半年不到的路人甲竟然要和他结婚了？

我编辑了数百字的短信责骂他的狼心狗肺、不识好歹，他自然什么也没回。

我再也没和他说过一句话，直到婚礼当天。

摆完宴席，男人们都流连在酒桌边，妈妈和伯母则领我参观了他们的新房。门外贴着大红色的喜字，玄关处的鞋架放着他们的照片摆台，卧室的床上铺着玫瑰花。我还翻看了他们的婚纱照。林子非常漂亮，总是笑得青春无敌的样子，她一脸幸福地靠在周晨浩肩上，两人看起来甜蜜极了。

我不禁再次替小冉感到难过。同是怀孕，她和林子的待遇却相差那么多。

志愿放榜那天，宋歌和我提了分手，说海阔凭鱼跃，天高任鸟飞。

我把手机设置了呼叫转移，揣着几块钱就不管不顾地出了门。等到夜深，我沉浸在这种没人找得到自己的满足感中，幻想着所有人因为我的失踪而手忙脚乱。

可我却饿得走不动路。

宋歌发 QQ 给我：你在哪儿？

我刚觉得有点开心，他就又发了一句：你家里人在找你，你哥让你回他电话。

我突然想起以前周晨浩和我说的话，于是气冲冲地回宋歌：滚蛋吧！关你屁事。然后恶狠狠地把他拉黑。

周晨浩在路边找到我的时候，我的手机已经没电关机了。我饿得两眼发晕，像个纸片人似的晃悠悠地在街灯下走，影子被拉长得更像纸片人了。我指着自己的影子骂：你这个妖怪。突然身后有一束光打过来，我生气地扭过头张牙舞爪，心想：反正我都要死了，谁还敢拿车灯晃我，老子要和你拼命。

然后就看到了如释重负的周晨浩。

我以为他要大哭一场，然后说："幸好你没事，急死我了！"结果他除了颤抖着松了口气，竟然开口就是一句："你是有多蠢？我要是你，离家出走就藏在同学家，谁没事在马路上瞎晃啊？"

我反驳："我要是藏同学家，你还找得到我？"

他没接话，把我塞进车里，替我关了车门，然后坐上驾驶座，转动车钥匙启动引擎。林子坐在副驾驶上一脸关切地看着我，这是属于他们的车。林子真幸福，都不用经历计价表一直跳的午夜惊魂。

车响起了警示音，周晨浩侧过身帮林子系好了安全带。车上的夜灯横在他们俩中间发着光，我这才看见周晨浩红红的眼眶。

我忽然有点感动得想哭,不顾场合地抽抽鼻子,说:"哥,你说得对,这个年纪的男生没一个好东西,一点都不懂事。"

话一说完,气氛就陷入谜之尴尬中。林子赶紧打圆场,说:"可是再不懂事的男生也会长大嘛,长成大人不就都好了。你看你哥……"

我更想哭了。

可是等男生长大,身边的人早就不是以前的那一个了啊。

大一寒假,我回家时,周晨浩已为人父。我靠近婴儿床,看到了在里面动来动去的小周。他啃着手指,葡萄般的大眼睛滴溜溜地转,长得和他爹简直像一个模子里刻出来的。

"小姑来看你咯!"周晨浩宠溺地摸了摸小周的头,然后把他抱起来。

我吓了一跳:"我原来已经这么老了,都是长辈了。"

话音未落,小周就抬起腿冲周晨浩放肆地撒了一泡尿。

他整张脸都拧在一起了:"啊啊啊!林子!林子你快过来!"

林子以为出了什么大事,慌忙冲进来,结果看到他的窘迫样没忍住捧腹大笑:"哈哈哈哈,你儿子真有出息。干得漂亮!"

18岁的我对爱情一知半解,对生活更是没有方向。

18岁的周晨浩已经有了丰富的恋爱经验,混迹过社会,进过少管所。

25岁的周晨浩收获了美满的家庭。

我们听过很多这样的故事,海誓山盟、轰轰烈烈,却终究敌不过现实的嶙峋。

爱到窒息、奋不顾身多是在热血轻狂的年纪,我们都没有经过现实的打磨,身上竖满芒刺,偏偏又还没有能力轻言永远、承担后果。

等到彼此都为刺所伤,鲜血淋漓,不得已捂着伤口分别,身上的刺便也钝了三分,少了些攻击力。

后来啊，我们被磨平了棱角，长成人人模样，不会横冲直撞，也懂得了责任和担当。于是相遇才会刚好，相爱才会凑巧。

曾经的千千万万个小太妹、白富美，甚至是小冉，她们遇见的都不是最好的周晨浩。

可她们让他变成了最好的周晨浩。

你看，年纪和时机多么重要。

曾经有一个男孩让我心甘情愿为了他改志愿，后来他说，海阔凭鱼跃，天高任鸟飞。我嘲讽着他的胡乱引经据典，却还是做出离家出走的傻事。

岁月好不公平，它让有些人遍体鳞伤。

可它又从不会真正辜负谁。

我修改了志愿，攥着录取通知书来了南京，我见识了烟雨朦胧的江南，品尝了长江沿岸的繁华，体会了远离故乡的孤独。

孤独也饱含苦楚。我曾在深夜痛哭流涕，在清晨恍惚回忆，可是没关系，我也终会长大，会对昨天的自己一笑而过，会遇到更适合的他。

所以我的那个他，如果可以，请务必在对的年纪，和我相遇。

岁 月 它 不 会 辜 负 你

属于你的桃花期

文/林梢

一个人,到最后,总是有点寂寞的,就像是夜半的海棠花未眠,也会想要有一个人睁开眼睛看看她。

活到 27 岁的时候，小简已经习惯一个人的生活。其实这个年纪还不算大，还有很多事情可能会发生，但是她是一个习惯未雨绸缪的人。

一个人跑步，一个人看电影，一个人逛街，一个人吃饭。

只是跑步的时候，她忽然想起一个笑话却无人能分享，看电影的时候她旁边的位子上可能会坐着一个讨人厌的抖腿男，逛街的时候她换上衣服走出更衣室却无法得到参考意见，吃饭的时候她不能中途去洗手间或者同时去排队买一份冷饮。

习惯这些之后，一切也都还好。

小简并不抱怨太多，她是个没人追的女孩子，却还不肯老老实实和一个想结婚的人结婚，所以她理所应当地要去适应一个人的生活，这很公平。达尔文说了，适者生存，物竞天择。她还是打算继续生存下去的。

但是朋友聚会时，总有人隐隐替她着急。

大家都已经陆续恋爱，陆续开始准备结婚，甚至开始筹备生小孩，没有人能永远陪着她。何况当朋友圈的人都进入新的生活阶段时，小简就像被遗留在了另一个时空。他们总是很担心，小简会在那个时空慢慢变成虚无的泡沫，被风吹一吹就会飘走，转而去找其他泡沫，离开他们。

朋友们虽然对此并不会说太多话，但是他们的情绪大概有一点点真的感染到了小简。

所以，在收到一条很久之前的老同学发来的信息时，小简非常少见地被触动了那一条不太敏锐的神经——这个人是想要勾搭她吗？

小简把短信截图发给朋友们。

为什么不试试看，反正也没什么损失。就算谈不来，老同学见面聊天也很寻常——大家这样说。

那时候小简正一个人在外面吃饭，她其实想点一份比萨的，不过一个人怎么吃得完，她只好点了一份意面。她用叉子搅动着意面酱，手指落在手机屏幕上。

她想也对，为什么不呢？

小简回复了那个老同学，闲聊了几句，诸如：好久没联系，你什么时候来啊，我肯定请你吃饭。

之后两个人时常有信息来往，甚至给人一种错觉，仿佛他们以前关系亲厚。

不过在这件事上，小简并不太投入，几乎可以说，她其实是怀着一种"我就是来证明，我不适合谈恋爱"的心情进行下去的。而且工作上的事情也忽然变得多起来，她常常要和同事一起在外面奔波。

小简的搭档是一个男生叫作大齐，他们同事有两年了。

大齐是那种非常温和却又非常坚定的人，在整个公司都受到好评，没有人不喜欢他。

之前小简和他并不熟，合作起来却出乎意料地得心应手。

当然这并不能全都归功于大齐。

大部分人和小简合作都会很愉快，因为小简就是能够做到在退一步海阔天空之后，还再退一步。有些人认为这是脾气好，但是也有少部分人会说，这是漠不关心。

可能是大齐有注意到小简近段时间忽然频繁响起来的手机提示音，他有些小惊讶地挑眉问她："新交了男朋友？"

"不是，有个老同学，最近会过来这边出差。可能约着一起吃个饭，叙叙旧。"

"那很好,现在还有老同学能见面,很不容易。没准等下次就要再过一个世纪了。"

"嗯,你说得对。"

小简点头,但是事实上她根本还没有想好是否要见面。

那天小简和大齐要去见的人住在离地铁有点远的别墅区,他们下地铁之后步行了约莫二十分钟才到门口。保安联系"受访者"确定了他们的身份之后才放人进门。

外面非常热,但别墅区里却惊人的清凉,小简想也许是因为树木太多,而人很少。

小简非常喜欢这个地方,连风的气息都像是绿色的。

从拜访的人家里出来,大齐问她要不要在这里休息一下。

他们就坐在一棵大树下的长椅上,没说话,坐着发了半个小时的呆。

"有时候,享受一下夏日时光,也是很容易的事情,对不对?"大齐说。

是很容易,并不需要踌躇请个长假,也不用精心准备一段行程,甚至不需要做任何事情。

那天小简发了一张照片到朋友圈,那是树荫底下的她。

她发了不多久,就有朋友把她拖进了新的聊天群。

树荫底下,除了她还有另一个人的影子。她没注意到的,她的朋友们却总是能洞察到蛛丝马迹。

"哇哇哇,桃花期到了。"

有人狂发花痴的表情。

可是实际上,小简和那位老同学的网上聊天已经趋于词穷了,而大齐,拜托,大齐并不是什么桃花,只是一个男同事。

老同学已经开始每天早中晚三顿地联系她,都是"在干吗""忙吗""吃饭了没""下班了吧"之类。

小简常常闭着眼睛回复他,并且深深地怀疑,她是怎么把自己推到这个坑里的。

过了半个月,老同学如期到来。吃饭的时间约在周六晚上的七点。

小简在周六早上很早就起床了,做早餐,去超市,中午定外卖,她还看完了《黑客帝国》三部曲。时间照常往前走,五点的时候,小简开始换衣服准备出门,她打开衣柜,坐在床边想她该穿哪件。

她没想好。而手机就在床上,离她的手指那么近,分明像是在故意引诱她。

她给那个老同学发了信息,说抱歉,房子的水管坏了,她不能出门。

小简倒在床上,把手机扔得远远的。

窗帘外的光线渐渐变弱,小简不知不觉竟然睡着了。

等她醒来的时候,天已经全黑了,外面在刮风,窗帘轻轻地摆动,她觉得像是卸下了千斤重担一样,整个人舒服得像是要漂浮起来了。

这件事成为后来被传播了很久的小笑话——当你要去见一个自己没什么兴趣的人,你会无聊到在出门前就睡着。

经过这一次的折腾,小简再度坚定了自己的信念。

她是一个非常愿意退让并且愿意融入世俗的人。但是让一个"随便什么人"入侵自己的生活,像闹钟一样存在,在自己最惬意的时候突然冒出来,还不停地刷存在感,对此不弃之不顾,小简觉得自己可能都做不到。

她果然,理当一个人生活。

过了一阵子,有一日,大齐忽然问起来。

"和那个老同学的见面怎么样了?"

"被一些事情耽误,我们没约到时间见面。"

"可能只是你不那么想见到他吧,他不是那个人。"

"什么那个人?"

"你们女生不是都喜欢说吗,The one?"

小简有点意外,没想过大齐会是有这种浪漫想法的人。

"我不相信人生有这种设定。人应该会遇到很多人,没有任何标准可以确定谁是 The one。你完全爱上这个人的时候,你觉得他是 The one;但是等你的爱情变淡了,你又觉得新遇见的人才是 The one。"

"所以,你不太相信爱情?"

"我只是觉得我可能不太适合谈恋爱。"

小简其实没搞明白对话怎么会进行到这里,事实上她和她的朋友们都很少聊这个,大家只是知道她是个独身主义者,很少知道为什么她为自己贴上这样的标签。

"我大概明白了。"大齐说。

但他明白了什么?小简并不明白。

那次谈话发生在火车上,他们一起出差去了另一个城市。

与客户见完面之后,有半天的闲暇,休息了一个下午,他们去逛了夜市。

夜市多是一些小吃,小简吃不太习惯,但是有小饰品、小摆件,新奇有趣,让小简爱不释手。小简挑着买了一些,然后就看到一只瓷瓶。

瓷瓶的形状像是欧洲油画上会出现的那种水壶,很轻,瓷质大约很普通,但是瓷瓶上绘制的彩色花纹却让小简着迷。可以想见,这样的瓷瓶全世界应该还有很多,甚至和这只一模一样的也不会少,但是也可能小简再也遇不到。

但是,坐三个小时的火车,除了满满当当的行李箱,还要带一只价值不过七十块的娇弱的瓷瓶随行,又麻烦又累,然后也许爱不释手半个月后就失去了热情。要买吗?

小简在这个摊位前面徘徊了也许有十分钟,大齐走远了一阵子,大约发现她不在,才又回来找到她。

"要买吗？"

"我还没想好。"

"那我给你一个建议。"大齐说。

"每一次，你没想好的时候，就在心里数数，如果数到 10，你还是很犹豫，那就不用管那些犹豫，往前冲，只管去做。因为你心里想要这样做，想得不得了，只是你的大脑、你的身体，有点害怕。所以，数到 10，你要什么，就去做。别管做了之后会不会后悔，只要现在别后悔。"

大齐说完停顿了一会儿，这个主意听起来有点傻。但是小简不由自主地在心里真的默念了 10 个数。

大齐问她："好了，现在你怎么想？"

"我想要，但是……"

"老板，这个请给我们包一下。"

大齐把瓷瓶从小简手中拿走递给老板。

小简默默地"哇"了一声，觉得好像看到一个新的大齐，或者更多的大齐。

这个瓷瓶后来被小简带着搬了好几次家，摆在餐台上，一看到它便觉得高兴。

时间再回到小简与老同学的那次约见。

被放了鸽子的老同学并没有收到"人人都知道的某种讯号"，还是继续欢快地联络小简，他甚至开始给小简提供人生建议，比如哪个城市更好安居，什么工作听起来也不错，以及频繁提及没有结婚对象的人生好不完整之类。

小简已经努力地不去礼貌性地回复老同学的信息，但是没想到对方会开始直接打电话。甚至，他开始没有礼貌到讨论类似小简这样的女生，就应该怎样怎样。

就在小简又一次与老同学进行一段艰难的对话时，大齐忽然用手机记事本写了一行字给小简。

"说我男朋友叫我了，以后再聊。"

小简吓了一跳，她还没有来得及反应，大齐就靠近话筒柔声叫她："小简，晚上我们去吃什么好？"

老同学果然就此销声匿迹。

小简后来无意中看到了一个关于如何让人知难而退的话题，解决之道的第一条就是说你有男朋友了。

她真的很后悔没有早点搜索或者求助于大齐，只是她没想到感觉很正常的老同学会这样死缠烂打。

但大齐，真的是一个很不错的人，有时候小简会这样想。

她也偶尔对自己的内心坦诚一下，其实她有时候还是对大齐有一点动心的，毕竟她是毫无情感障碍的异性恋。

她记得有一次，他们出行坐地铁。适逢中午，地铁里清净得不得了，空位随便坐，冷气开得很足，极其舒适。

她随着地铁前行摇摇晃晃地打瞌睡，头一歪靠在旁边人的肩上。她立马直起腰，条件反射地说"对不起"。

"没关系。"

而对方看了小简一眼，反手揽着小简的头，让小简靠。

小简才恍然想起来，哦，这是大齐，并不是某个陌生人。

那时候小简慢慢眨了一下眼睛，虽然她觉得独来独往没什么不好，但是有时候如果有一个肩膀可以靠，好像也没什么不好。

一个人，到最后，总是有点寂寞的，就像是夜半的海棠花未眠，也会想要有一个人睁开眼睛看看她。

但只是偶尔，那么一小会儿，就像那天，大齐从她手中拿走瓷瓶的一瞬间，有一阵毛毛躁躁的风从她脸上吹过去，掀动她的发帘。

可是小简清楚,风吹动她的心,风却是无心的。
她和大齐是两个世界的人。

又一次朋友聚会,庆祝小简生日,不知道是谁起的头,说起大齐,追问大齐的各种信息,撺掇小简联系大齐。她们平常很知道分寸的,也从来不把自己的想法和观念强加给小简,但是那天她们像是傻瓜一样拼命说大齐很好,还举出各种例子证明小简对大齐也非同一般。

那是唯一一次小简当众发火,她拎起包就走,沿着街道蒙头往前走,直到有人扯住她的胳膊。

是大齐。

他很惊讶。

但小简更吃惊。

他们一起往前走,很长时间都无话可说。

停在一个十字路口前,红灯开始闪烁。

大齐的声音响起来。

"上一次,我假扮你男朋友之后,你有没有考虑过,让我真的当你的男朋友?"

小简心跳如鼓,她抬头看向大齐。

"我之前一直觉得办公室恋情不太合适,不过下个月我就会去新的公司了。我觉得我们在一起会很好。"

他一如往日地温和坚定,像是没有任何事物能够动摇他。

但是恐惧在那一刻抓住了小简的心,她不相信会有这种事情落在她身上,她也不相信他将来不会失望。

小简摇了摇头。

"你是不太相信我会一直喜欢你吗?"

"我是觉得,我比较适合一个人生活。这样不会让自己失望,也不会让别人失望。"

小简说完这句话之后就闭口不言。

她终于明白那群朋友的反常,他们只是看透了她,想要推她往前走,接受这段感情,可他们推得太用力。

小简和大齐就站在路边。

绿灯亮起来。

大齐要继续往前走去搭一趟公交,而小简已经决定回到那个被她抛弃的朋友们所在的餐厅。

"那么,生日快乐。再见。"大齐说。

小简点点头说"谢谢",然后一个人转身往回走。

可是她一边往前走,心里却没有那天与老同学约会爽约的轻松,心里的包袱没有卸下去,脑子里还忽然浮现出自己这样一步一步走下去的样子。

她看见自己就像现在这样沿着街道往前走,可能就这样一个人过一生,找一个安宁的小镇,建一座有白色墙壁的房子。等到垂垂老矣,有着满头银发和一脸皱纹的她看着从自己门口路过的情侣,她苍老的头颅里也许会忽然浮现起今天的画面。那时候,也许她突然想到其实她曾经有过选择,过另外一种人生,可能那才是真正属于她的人生。可是,她已经太老了,太累了,她的脚步沉重、腰背佝偻,再也不能尽情地奔跑,去见一个喜欢的人;她的容颜苍白、声音喑哑,再也不能给喜欢的人一个轻笑,一声欢歌。

她在27岁的时候,就把人生的很多种可能通通埋藏了。

只是,因为她恐惧改变,也不相信她拥有那些可能。

小简转过身。

现在,这一秒,她还可以看到大齐的背影。

小简站在原地。

她还没想好要怎么做。

这时候，她想起那只瓷瓶。

而大齐的声音像是一道幻影，出现在小简面前。

"你在心里数数，如果数到 10，你还是很犹豫，那就不用管那些犹豫，往前冲，只管去做。因为你心里想要这样做，想得不得了，只是你的大脑、你的身体，有点害怕。"

1、2、3、4……

"数到 10，你要什么，就去做。别管做了之后会不会后悔，只要现在别后悔。"

……8、9……

小简开始拼命向前冲，一刻不停地奔跑，向着大齐的方向，像是桃花结出果子，像是河流奔向大海，像是尘埃终于落在大地上。

一切本来如此，没有人必须孤单，总有一个人于命运的某一个节点与你相遇。

也许我们永远不知道结局，但是我们也永远不能拒绝开始。

岁 月 它 不 会 辜 负 你

我就是我,是颜色不一样的烟火

文／蜜糖

原来世上真的有一个人,他爱的就是你本来的样子,他不会要求你去迎合他的喜好,去变成另外所谓更好的模样。原来真的有一个人,他爱的,就是原原本本的你。

01

整形医院巨大的灯箱广告上，一个娇俏婀娜的美女正对着林若叶盈盈微笑。她的五官比例是那么恰到好处，以至于把哪部分做或多或少的修改都是多余。老实说，林若叶第一次见到这照片的时候，内心是波涛汹涌的。人这一辈子，能这么倾国倾城一回，大概也值了。

鼻子高挺的美容顾问眉飞色舞地向她介绍了数十个成功案例，她说你看见橱窗里的照片了吗，那是我们这里最得意的作品，整张脸我们都能整得这么成功，更别提你这小小的双眼皮手术了。看着案例册上"after"前面"before"的照片，一张丑得人神共愤的脸让林若叶后背一阵发凉，但心里却踏实了不少。

这是她这个月第七次站在这家整形医院的门前，望着橱窗里的宣传照百般纠结。苏杰再一次催促她尽快去把眼睛割成双眼皮，这样的话，度过一段时间的恢复期还赶得上他的升职 party。半个月后，他就要正式被任命为公司的业务副总，而庆祝的派对将在一个月后举行。苏杰说："若叶，你要作为我的女伴出现在大庭广众之下，怎么能不让自己变得更加完美？"林若叶默默拿起了他丢过来的整形医院的宣传单，心里莫名地沮丧。

林若叶和苏杰相识在大学的毕业酒会上，别人都是毕业即离别，可她万万没想到，自己反而是在大家都分手的时节撞见了爱情。两人的专业截然不同，根本就没有机会认识，但由于同样都进了世界五百强的一家企业才产生了交集。苏杰说林若叶有种特别的气质，他在人群中瞥了一眼，就知道她一定与众不同。林若叶很高兴，有人能给予她如此高的评价，让她简直有些受宠若惊。慢慢地接触下来，她发现苏杰这人还不错，风趣幽默体贴，不失为一个理想男友的后备人选。于是工作的第二年，两个人的关系就从同事变成了恋人。从办公室新人的隐瞒恋情，到如今终于要出现在公众场合，林若叶熬过了她和苏杰在一起的第六个年头，眼瞅着就要熬成阿香婆了。不过好在柳暗花明，她终于能够作为苏杰的女朋友，堂堂正正地站在人群前面了。

所以下了狠心，强忍着内心极大的恐惧，林若叶在美容顾问递过来的表格上颤抖着签下了自己的名字，然后约了手术的日期。不过最终，她还是选择了埋线，身体发肤受之父母，在眼睛上动刀这种事，她终归还是害怕的。

02

和苏杰在一起的六年里，最让林若叶引以为豪的，是每一次同学聚会，她必然会成为众多同学关注的焦点。她瘦了，身材变得凹凸有致了，皮肤白了，脸小了，头发长长了。现在，连单眼皮也要变成双眼皮了。有苏杰调教的这八年，林若叶才真真正正地做到了从女屌丝到女神的蜕变。

因为她很爱苏杰，以至于苏杰说什么她都会老老实实地去做。为了瘦，为了健身，她已经记不得有多久没有沾过那些高热量的食物，同事们在她的午饭中见到最多的，就是白水煮的鸡胸肉，和低盐的沙拉；为了保持身材，她每天要坚持运动；为了皮肤白，她要涂厚厚的防晒霜，戴大墨镜，全副武装；为了打理飘逸的长发，她每天要晚睡或者早起，洗头吹干。

起初她很享受这种状态，苏杰让她真实地看到了自己的蜕变，瘦和美，哪一个女孩又不想要呢。可是直到一次又一次，苏杰因为她偶尔和朋友出去玩吃了一顿羊肉串，因为她想看个电影而没去健身，因为她觉得天气热而剪掉了及腰的长发，而和她疯狂争吵和冷战后，林若叶终于意识到，她原来并没有自己想象的那么开心。她试图和苏杰去讲道理，她说我原本就是这个样子，爱吃大排档，爱晒太阳，爱利落的短发，可只得到了苏杰像哄小孩一样的回答："你这些爱好都是不好的，我让你变成了更好的自己，难道不好吗？"

是的，不好。

瘦了，白了，头发长了，起初看着镜中自己的变化和回头率的增高，林若叶心里确实是开心的。有哪一个女孩不喜欢看着自己一天天变成更好的自己，受到万众瞩目呢？况且有着苏杰的赞美和温柔的情话，她更加感觉自己异常幸运。可慢慢地，和苏杰在一起的时间越久，她便心生出更多的恐惧。她突然间意识到，现在待在苏杰身边的，是林若叶，还是张三、李四，其实都是一样的。只要她们按照苏杰的要求把自己变成他想要的样子，是谁都不重要。苏杰爱的，一直都不是林若叶，而是要把林若叶变成他爱的样子而已。

她突然觉得自己很失败。一个她爱了六年的人，一个她甘心为了他去做那么多改变的人，原来爱的根本就不是她。

双眼皮埋线的第二天，林若叶的眼睛开始像吹气球一般疯狂地肿起来，眼皮红肿发炎，渐渐挤得中间的一条缝都不见了，林若叶觉得自己真的快要失明了。医生说这可能是某种过敏反应，很罕见，但足以证明，有些人并没有这种变美的资格。像瞎子一样扛到了第四天，林若叶终于还是去了医院，去他的变美的资格，老子要拆线。拆过线后躺在家里，眼睛依旧肿得像两只可笑的核桃，那疼痛真实而恐怖，连带着脑仁都刀割一般的难受。不知为什么脑子里突然涌出好多从前的画面。那时她和苏杰刚刚搬到一起住，苏杰搂住怀里的她,翻看着杂志告诉她,你看我喜欢这样的身材,这样的眉眼,这样的长发,这样的女人。那时林若叶只当那是个笑话,情侣间彼此的调侃,调情而已,但没想到苏杰是认真的。有一天他从同事的聚会回来和林若叶发了很大的脾气,原因是他在路过女卫生间时听到同事的女伴们谈论她,说她腰间那么多赘肉,还穿了一条紧身的裙子。苏杰说你丢了我的脸。那是第一次,林若叶真的开始讨厌苏杰。八年来,她从未像那天一样,觉得苏杰是那样的面目可憎。那一个月她忙着项目根本没空去健身,而且他听了别人对她的诋毁,第一反应,居然并不是去维护她。

03
  晚上苏杰下班回来,得知林若叶去拆了线,他质问林若叶为什么就忍不了那么点疼,如今难道要眯着两只单眼皮去赴他的升职酒会?
  林若叶突然就笑了。
  原来这才是压死骆驼的最后一根稻草。林若叶从眼睛的眯缝里看着怒不可遏的苏杰,突然心里冰冰凉。她因为折腾这些事一天没有吃东西,她眼皮发着炎拼命地流着泪,她眼巴巴地盼望他回家说声宝贝辛苦了,可他关心的只是她的单眼皮而已。长久在她心中压抑的想法这回终于得到了验证。不,或许是她终于不得不说服自己接受这个想法——他爱的根本就不是自己,而只是想把她变成他爱的样子而已。
  眼里流的是泪,而林若叶的心里,却感觉在流血。

  交往六年,林若叶和苏杰提出了分手。她辞了职,换了工作,然后剪短了头发。公司做和时尚相关的业务,有大把的机会漂泊在五湖四海,尽情地晒太阳。风吹日晒,她渐渐地晒黑了皮肤,胳膊也因为长期帮着男同事们搬运重物而变得粗壮,这都是苏杰当年不喜欢的模样。

四月份，林若叶带着团队远赴巴厘岛，完成客户宣传片的拍摄工作。她简单做了防晒工作，就一头冲进了似火的骄阳里面。傍晚时分，深蓝的海水和夕阳相接，像是坚硬的冰块突然间着了火，也着了魔。她坐在沙滩上，海风拂面，忍不住拿出手机来自拍，却被拍完的成品吓了一跳。只不过一天，脸就被晒成了这个鬼样子，黑了之后脸的轮廓愈发分明，而眼睛显得更小，更加没有女人味。她不禁绝望地感叹。

突然背后一阵轻笑，林若叶转身，看到白天一起工作的特约摄影师乔明站在不远处看她。她慌忙用手抓了抓自己的头发，把脸尽量多盖住一些。乔明正端着相机在沙滩上采风，看到一脸惆怅的林若叶在端详自己的照片，便走过来在她的身边坐下。看了看照片，给了一句评价：

"嗯，脸型轮廓太分明，眼睛太小，皮肤太黑。"

林若叶瞬间觉得生无可恋。苏杰的影子似乎映照在乔明的身上，一样的挑剔和面目可憎。她抓起手机，就要站起身来。

乔明突然从她的手中拿过手机，他打开自拍，对准林若叶的脸，镜头里立刻显现出那张黑炭一样的面孔。他说："来，脸向左转一点，收下巴，眼睛上挑，然后我们再开个补光。"咔嚓一声，乔明的手指微动，林若叶的脸在手机屏幕上再次出现，这张照片上的她因为调整了角度，脸变得小了，轮廓也柔和了许多，微微上翘的丹凤眼配上巴厘岛的夕阳余晖，有种特别的欧美风情，简直美呆了。

乔明说："你在发什么愁呢？其实你多美。"

04

五天的巴厘岛之行很快结束，林若叶和乔明互相留了联系方式后便各奔东西。她依旧在一个接一个的项目之间周旋，外表也和苏杰喜欢的那个林若叶相距越来越远。

由夏入秋的时候，再次聚会的同学已经完全认不出林若叶了。她身材纤瘦，马甲线微露，却是一身小麦色的肌肤，头发短而干练，会大笑着露出十几颗牙齿。她说话不再轻声细语，男人都不及她精明能干。女同学们都说，她肯定是要嫁不出去了。林若叶的心有点受伤。她终于活得像自己了，却让大家都看不起了。

可更恼人的是，秋季的工作居然几乎全部都是和婚礼相关的项目。她每天忙得快要吐血，除了要忍受身体上的疲惫，还要拼命扛住心理上的煎熬。然而她万万没想到，会和苏杰在这样的状态下见面，也没料到，会和乔明在这样的场合相遇。

结束了一场婚礼主题的拍摄，林若叶来不及吃上一口午饭，就打车赶往市里的购物中心去取公司定做的嘉宾礼服。到了服装店里，服务员开始在众多的衣服中查找，她便坐在一旁的休息区休息。林若叶小心翼翼地脱下工作中不得不穿的高跟鞋，露出一只红肿的左脚，她用手不雅地揉着酸疼的脚腕，视线却在一抬眼的时候和走进来的苏杰撞个正着。他依旧是一身笔挺的西装，面上淡淡的没什么情绪，和她离开他的时候一样。不同的是，他身边的女伴已经换了别人。肤色雪白，长发及腰，简直就是当时翻版的林若叶。

哦，不，是不是该说，林若叶长得和她也是一样的。因为她们都只是苏杰喜欢的那个模样。

林若叶此刻正用手捏着自己的脚，妆有点花，衣服有点邋遢，总之是异常的狼狈。她真想找个地缝钻进去。多想让他看见，自己离开他后过得有多么自由、多么惬意，可为什么偏偏要用这种方式再次遇见。

05

  林若叶不声不响地穿上自己的鞋,把头微微偏向一边,苏杰戏谑地看她,连打招呼都带着满满的敌意。他说:"你离开我,就变成了这副鬼样子。"他身边的女伴得意地扬了扬头,一副完全把她踩在脚下的气势。

  林若叶尴尬地坐在椅子上,气自己竟然连一点招架的力气都没有。

  就在这时,身后突然响起一个好听的男声,乔明款款走来绕过了正在耀武扬威的男女,朝林若叶打招呼。他把一个黑色的小盒子递到她的手上,说:"林小姐,这是老板给您订的卡地亚16限量版耳环,您就别再拒绝他了。现在我们是不是可以走了?"说着顺势接下服务员递来的衣服,虚搂着林若叶,在两人目瞪口呆的注视下出了成衣店。

  林若叶在购物中心的广场上笑得前仰后合。

  她说:"鬼才信你这无聊的把戏,你当是偶像剧呢。"

  乔明把首饰盒收在自己的兜里,吐了吐舌头。他说:"干吗要别人信,你自己开心就好了。别小看这拍摄道具,也值不少钱呢。"

  林若叶看着他一本正经的脸,不知道为什么,突然感觉心里踏实了很多。她也才意识到,原来到乔明出现的前一秒,自以为逃离了苏杰控制的自己,却都一直还活在苏杰的阴影里。

  自那场巧遇和解围以后,林若叶和乔明慢慢地熟识起来。她闲了会约他去爬山看日出,去农家院吃素赏月,去德云社听郭德纲的相声,去公司转角的小胡同里吃一块钱一串的麻辣烫,全都是她和苏杰在一起时想做,却又一直没有机会做的事情。乔明是个特别细心和体贴的人,他会提醒经常忘事的她记得带伞和防晒霜,他会准备红酒带到农家院布置细微的浪漫,他会和她一起笑,一起闹,一起在冬日的夕阳里被辣得涕泪横流。

  那是第一次,林若叶觉得那么迫切地想要跟一个人相守一辈子,见不到会想,见到了又会怕失去。她突然间意识到,自己已经不可救药地爱上乔明了。突如其来的爱情让她觉得有些不知所措,或许是还没从苏杰的阴影里缓过神来,她有点怕,怕自己不是乔明爱的那个样子,怕自己的一厢情愿终究还是一场空。她犹豫着,疏远着,可乔明的一束 roseonly 却已经毫无征兆地送到了公司的前台。他说:"喜欢我就说,躲什么躲。"

林若叶觉得,乔明简直就是自己上辈子修来的福。

乔明在聚会上将林若叶正式地介绍给朋友们认识,她注意到那些朋友注视她的眼神略显复杂,但又说不上是什么原因。聚会中途,乔明被男士们拉走去旁边的台球桌切磋球技。几个女人则将初来乍到的林若叶围了个严实,她们忙着向她询问两人相识的经历,一时间叽叽喳喳,笑闹成一团。

聊着聊着大家熟了,几个女伴纷纷和林若叶聊起了一些乔明的"隐私"。比如他每次吃饭喜欢把菜里的葱花挑成一堆,比如他害怕多腿的生物。林若叶暗笑,原来平素里看起来那么男子汉的乔明,还有许多孩子气的一面。然后不知怎的话题就聊到了乔明的前任,她们说见到林若叶的第一眼还是相当吃惊的,因为乔明从前的几个女朋友都是长发大眼,他喜欢温柔的软妹子,却万万没料到寻了林若叶这样潇洒帅气的姑娘做女友。

不知为何,林若叶的心里咯噔一下。

06

从聚会回来,林若叶就觉得整个人状态飘飘的,从镜子里看自己小麦色的肤色,感觉一股沮丧和恼怒直冲头顶。她从乔明朋友的手里看到他上一任的女朋友,皮肤白皙,齐腰的长发,突然间一颗心拔凉拔凉的。

原来乔明喜欢的,是那样的女子。

而自己,竟然连一点点边都靠不上。

卸了妆，那脸愈发地黑了，她在水龙头底下反复冲洗了好几次，除了因为搓得手重了些，起了一大片红疹子之外，没有任何的改观。抬眼注视镜子，不经意地在右手边的高台上看到了一瓶落满灰尘的美白霜，那是去年朋友从韩国带回来的新产品，说是涂在胳膊上一分钟再擦掉，就能有立竿见影的美白效果，比换皮还要神奇。林若叶的双眼顿时亮了，她蹬着凳子取下了那瓶快要过期的美白霜，轻轻拧开了盖子。

可不幸的是，试验的第二天，林若叶的脸就像是被泼妇当街抽了巴掌一样，布满了深深浅浅的红斑，那样子像是中了毒的实验活体，快要从心里面烂掉。林若叶吓哭了。她匆忙跟领导告了假，一路飞奔到了医院。医生给她开了消炎的药膏，就把这个乱用化妆品的活该婆娘打发出了办公室。

林若叶欲哭无泪。她只好以加班为借口，推掉了原本和乔明定好的约会。却没想到乔明早已等在她公司的楼下。乔明怒不可遏地在电话里质问她，到底和哪个男人出去鬼混了，林若叶再没了其他方法，只好一五一十地招了。

推开林若叶家门的那一刻，乔明还以为见到了鬼。他带了一些不至于吃了过敏的食物，然后数落起林若叶怎么还像小孩子一样。他说："你这样不好吗，干吗非要美白？"林若叶委屈地啜嚅："你不是喜欢皮肤白的女生吗？"

她瘪着嘴闷头坐在沙发上，整个人悻悻地提不起精神。他转头定定地看她，没想到那天女生们的八卦她竟然听进了心里。乔明心里突然一酸，不自觉地冲上去紧紧地抱住林若叶。那一刻他突然很想揍苏杰一顿，多好的一个姑娘，被他害成了这个样子。

吃过晚饭，疲惫的林若叶握着乔明的手终于沉沉睡去。乔明轻手轻脚地下了楼,直奔了楼下的打印店。

次日清晨林若叶醒来,发现乔明早已经离开。玻璃映照中她的脸显出紫红的斑块,像一枚长残了的茄子,又好笑又恐怖。她深深地叹口气,看看手机,并没有乔明留下的信息,心里空落落的。想必乔明看了这么个丑姑娘,心也凉了半截。她在心里默默地念,起身下了床。

是不是要做好分手的准备了?林若叶鼻子一酸,眼泪不争气地淌下来。

但推开卧室的门,眼前的场景却让她惊呆了。

客厅的顶灯上面,垂下很多条五彩的丝线,每一根线上都用胶带粘了一张照片,悬挂的照片随风旋转,一张张跃入林若叶的眼:那是她和他在巴厘岛初遇,她45度仰望天空的夕阳,有点像亚洲版的 Taylor Swift;那是她在购物中心的广场上大笑着弯了腰,眼角有细小的皱纹;那是她在农家院的屋顶露台上对着一桌的烛光,在红酒作用下微醺了两颊。每一张都是独一无二,绝无仅有。

手机叮咚一声响,林若叶看到微信里乔明发来的信息。他说,每个人都是这世上独一无二的风景,林若叶就是林若叶,她不应该努力变成别的人。文字信息后面响起乔明走调的歌声,他唱张国荣的《我》,"我就是我,是颜色不一样的烟火"。

林若叶蹲在地上,痛哭失声。

原来世上真的有一个人,他爱的就是你本来的样子,他不会要求你去迎合他的喜好,去变成另外所谓更好的模样。

原来真的有一个人,他爱的,就是原原本本的你。

岁 月 它 不 会 辜 负 你

我们都曾是爱情的瞎子

文/苏一听

爱情就是这样，动心的一瞬间，所有外在因素都会自动虚化，你的焦点只够定在那一个人身上，然后瞳孔按下快门，那个人就在你心中成像定格。

01

大二那年，许洺泽和一个白富美互相看对了眼，于是天雷勾地火，将跟他相恋四年的我甩了，从此屌丝逆袭攀上人生巅峰。被零落成泥碾作尘的我虽怀恨在心，却无可奈何花落去，只能成天躲在宿舍哀叹物是人非。

有一天，室友露露上完课回来说："谭君艺，楼下有帅哥找你。"

许洺泽这号人，室友们早在新生报到那天就认识了，所以这会儿也就别指望是他回头是岸。我当是露露看我连日萎靡不振故意逗我，于是扯过被子蒙住脑袋，闷闷不乐地应她："估计那帅哥脑袋被驴踢了吧。"

露露说："脑袋是不是被驴踢了我不知道，不过那帅哥看着那叫一个秀色可餐，你真不打算去看看吗？"

我一听这话好像不假，立马将脑袋钻出被窝："真有人找我？"

露露真诚地点点头。

"帅哥？"

露露再次点头。

"我去，老娘的第二春这么快就到了。"我纵身一跃翻下床，用最快的速度将自己捯饬了一番，然后使出百米冲刺的劲儿迅速来到楼下，一看，还真站着一个穿白衬衫的高个儿男生，背对着我，看不到脸。不过竟然敢在校园里用白衬衫这种帅哥标配泡妞，肯定不会差到哪儿去。

"听说你找我？"我努力控制住气息，尽量让自己看上去云淡风轻。毕竟能让帅哥主动找来，说明我还是挺魅力四射的嘛。怪只怪许洺泽那狗东西瞎了他的狗眼,抛弃姑奶奶跟别人跑了。

听到我的声音,高个儿男转过头来。只消一眼,我顿时在心里乐开了花,暗暗惊呼:妈呀,这哪儿是用"秀色可餐"一词就能形容的?简直是人——间——极——品!

帅哥被我如狼似虎的眼神吓得后退了一步,定了定,他说:"你吃饭了吗,要不我们先去吃点东西?"

这是马上约会的意思?比起许洺泽分个手还拐弯抹角,这么直截了当的方式简直太是我的菜了。我甚至已经开始YY被帅哥壁咚的场景。

捂着半小时前才干掉一桶泡面的胃,我十分娇羞地说道:"好啊,正好我还没吃东西。"

烈日炎炎,帅哥领我走进一家火锅店。我心想,两个人何必这么铺张浪费。不过看了看他脚上那双印着GUCCI的鞋,料想他也不是会省吃俭用的穷学生。哈,许洺泽那狗东西自以为找了个白富美就扬扬得意,没想着才这会儿工夫,姐姐我也要跟着高富帅从此吃喝不愁了。YY至此,我的心情愈发好起来,连多日的食欲不振都自动好了。

饭间,帅哥吃得很少,一直在给我夹菜。长得帅、有钱、话少、体贴,简直就是现在市面上销售火爆的霸道总裁。我何曾享受过这种待遇,自然感动得泪流满面。等终于吃得差不多了,我抬起头来,问:"说吧,你姓谁名谁,找我有何目的?"

我端起桌上的茶水漱口,因为按照总裁文里惯用的路数,我刚刚那番嚣张的言辞应该成功地激起了他的征服欲,接下来他会邪魅一笑,掰过我的头用他冰冷的唇吻住我。

可是,他却说:"我叫齐远,我想请你帮我追回程林林。"

我:"……"

02

从小到大,我在无数狗血电视剧里见过前男友找现男友的桥段,也见过前女友找现女友的桥段,就是没见过前男友的现女友的前男友找来的。

如果不是火锅烫手,我想那天泼在齐远脸上的就不是我手里的凉茶,而是那锅正在沸腾的油汤了。

程林林,我对这三个字的厌恶程度绝不亚于对世上任何一样可厌事物。可是长着一张人间极品的脸的帅哥却跟我说"我想请你帮我追回程林林"。

我很想问一句,天下的好女人都死光了吗,为什么这些男的都要前仆后继地去喜欢程林林?

没错,那个把许洺泽拐跑的白富美,就是程林林。

我和许洺泽高一的时候就在一起了。那会儿学校管得严,大家清一色地全穿校服,可能正因如此,许洺泽在一片看上去没差的大白菜里选了我当女朋友。课业繁多,家长又看得紧,光是拉个小手都能激动半个月的我们,感情稳定得不可思议。那时我以为,地久天长大抵如此。直到许洺泽在大学新生舞会上遇到程林林。肤白貌美,浑身上下名牌傍身的她在一支华尔兹后就彻底俘获了许洺泽的心。

摊牌的时候我问许洺泽:"为什么现在才和我说这些?"

许洺泽回答:"我怕伤害你。对不起,是我不好。"

我听完要去寻地上的砖头,结果这狗东西有先见之明,将分手地点选在了学校操场。别说砖头了,石子儿都没见着一颗。

我气得直掉眼泪。我做错什么了?高中的时候,每天中午我去食堂打好饭,然后提到教室放到他桌上。每逢寒假,他跑去走亲串戚,开学前两天告诉我作业还没做完,然后拉着我帮他一起赶。大学时,我们同城不同校,他在城东我在城西,一下雨我总是打电话提醒他多穿点,生怕他大大咧咧地穿得单薄,着了凉。每周六一早,我坐两个小时的公交去他们学校外面的网吧陪他打游戏,吃饭都是叫外卖,等他游戏打完了,心情好就带我去吃个夜宵,周日下午我再坐两个小时的车回去。

他们说年少的爱情简单如白纸,我坚定不移地相信,之死靡它地对那个人好,结果却发现自己就像刚进学前班的小孩子,拿着笔杆不知道怎么落笔,只好在纸上胡乱地画,自己是欢天喜地了,却成了旁人眼中的傻瓜。

那天走的时候,齐远脸上还残留着我泼的水渍,他煞有介事地跟我说:"林林不过是和他玩玩,她还是会回到我身边。"

我笑,看来他和我一样,都是还没从幼稚园长大的小孩子,天真又固执。

03

齐远来找我的第二天,许洺泽打电话问我要曾经的定情信物——他人生中第一把吉他的拨片,我拿来后找匠人做成吊坠一直挂在脖子上。

"君艺,不好意思,林林非管我要。"

"你告诉她丢了不就成了吗?"

"我以前跟她提过送你了。她说不想让我的东西留在别的女孩子那里。"

这纯粹就是来找茬的。抢了人钱不说,还非得连人衣服裤子都扒光才好看是吧。

火气儿一下就上来了,我说:"许洺泽,你告诉那个叫什么程林林还是程草草的,她算什么东西啊,不过就是仗着自己有几分姿色到处抢人家的残羹剩饭吃。她不嫌脏,老娘还犯恶心呢!我呸,让她有多远滚多远。"

说完，我一把扯下脖子上的吊坠朝窗外扔去。然后从垃圾桶里翻出前一天齐远给我的纸条，上面留了他的电话号码。

"喂，我是谭君艺，关于你昨天的提议，我答应你。"

齐远仿佛早有所料，在那边意气风发地笑答："好。"

自此，我和齐远组成的失恋阵线联盟正式挂牌成军。

齐远和许洺泽、程林林同校，掌握行踪轻而易举。我呢，因为同是女生，所以对嫉妒心这种事把握得炉火纯青。

和许洺泽在一起四年我知道他有个小习惯，手机不喜欢放兜里。于是我们远程作战，齐远负责追踪行迹，专挑许洺泽和程林林在一起吃饭的时机，等许洺泽去上厕所了便立即知会我。然后我拨通许洺泽的手机，是程林林接的。

"喂？"

"洺泽，人家好想你，你怎么不来找我了？"我故意嗲声嗲气地说。

"你、你谁呀？"程林林在那边问道。

我却一愣，看来许洺泽把我的手机号从联系人里删掉了。

"哎哟，洺泽，这么快就又有新欢了？果真是提起裤子就不认人了啊。你还记得那晚在皇冠酒店我们……"

程林林"啪"地一声挂掉电话。

据齐远后来说，许洺泽从厕所出来后，程林林当场扇了他一个耳光，许洺泽被打得丈二和尚摸不着头脑，在众人面前丢脸丢到太平洋。我和齐远在电话里笑得花枝乱颤。

不过回去之后，许洺泽很快反应过来是我从中作梗。向程林林解释清楚后，两人又恩爱如初。

04

这次只是牛刀小试,之后我和齐远从战略战术上分析研究了一番,然后重新部署,准备再接再厉。

我们买来好多张电话卡,隔三岔五用不同的号码打过去。有时打给许洺泽,有时打给程林林,总是能气得他们七窍生烟。这样过了两个月,他们不堪其扰,最后双双换掉手机号。

然后齐远从别处得知他们的新号码,我们又卷土重来。可是这一次许洺泽和程林林却不再给出我们想要的反应,只要一听到是我的声音,他们便很平静地将手机放在一边,然后自个儿干活去,丝毫不在意我说什么。

有一次许洺泽在电话那头心平气和地问我:"君艺,这样有意思吗?"

"有意思啊,我就是要闹得你们鸡犬不宁。"

"恐怕你要失望了,因为你,我和林林都更加珍惜这份来之不易的感情。"

电话挂得耀武扬威。计划再次宣告失败。

此后我和齐远消停了很久,我们表面上说这是要养精蓄锐准备下一次作战。可心里却都隐隐明白,这场战争,已经开始偃旗息鼓了。叛离的爱人成功掠走城池,我们被困在边境进不去、出不来。

齐远再来找我是一个月后。他穿着纪梵希的新款衬衫,身材完美到无可挑剔,可脸却胡子拉碴,像刚从煤堆里爬出来的。

我带他去上次的火锅店吃饭,他只知道不停往嘴里喂食,一句话也不说。我忧心忡忡地看着他,不知如何开口。

"你不吃吗?"他突然抬头问我。

"没有啊,我在吃的。"

"那你干吗一直盯着我看?"

我脸一红，看了看他毫无生气的眼睛，说："我在想一个问题，你长得这么好看，又有钱，程林林为什么要跟别人跑啊？"

"女人心海底针，谁晓得她怎么想的。"

我又追问："那你长这么好看，又有钱，为什么非要在程林林这棵树上吊死？"

齐远夹菜的筷子在空中一滞："她骗了我很多东西。"

我一听，拍案而起："我就说，连一枚吉他拨片都能看上，敢情这女人是感情骗子专业户呢！"

齐远从沸腾的锅里夹起一块肉默默送进嘴里。

从店里出来我送他去坐公交，刚到站台，他的手机就响了。他从兜里掏出手机放到耳边，只"喂"了一声，脸顿时就沉了下去。

听不清那边在说什么，齐远一连"嗯"了好几声才挂掉电话。

虽然我和他并肩作战过，但毕竟还没到可以触及彼此隐私的程度，所以只好假装视而不见。不过齐远似乎有话要说，看着我几次欲言又止。

我是个急性子，见不得人磨磨叽叽的，于是对他说："想说什么就说吧，我可没那么多时间陪人谈心。"

"许洺泽和程林林现在在皇冠酒店。"他艰涩的声音如同不断向海底下沉的巨石，巨浪还来不及翻滚，就又被海水重重包围。

"哦。"我小声应道，若无其事地撇开头。街对面是一家宾馆，因为价格便宜房间舒适，所以很受附近大学生情侣们青睐。我和许洺泽曾经也去过，他那时开玩笑跟我说以后我们也开一家这样的宾馆，保管赚钱。

我让齐远把手机给我。

"你干吗？"他有气无力地问。

我接过手机在上面摁下110，"我要……举报他们……涉黄。"眼泪在我的颤抖声中滚落。

05

张小娴说，不望着会令你流泪的东西，那是唯一可以不流泪的方法。

从和许洺泽分手到现在，我只哭过一次，就是分手那天许洺泽对我说："谭君艺，我那么爱你，可是你从来没把我放在心上。"

我蹲在操场狠狠地哭了一场，然后起身擦掉眼泪，忘掉前尘往事，甚至刻意篡改故事细节，妄想将我和他的那段历史丢进岁月长河。

是的，我之前讲的那个版本，其实是错的。真实的版本是一个完全相反的故事。

我和许洺泽是同班同学。高一那年，他在学校的文艺晚会上抱着吉他弹唱陈升的《不再让你孤单》向我表白。全场灯光黯淡，只留一束追光映着他烛火般摇曳的身影，他浅浅的歌声如同耳边低语般动听。想起他在开场前偷偷拉住我说的那句"谭君艺，今天的歌是唱给你一个人听的"，我在观众席中与台上的他遥相对视，眼角是被爱情吹皱的笑意。

那天，他在我面前伸出手，掌心躺着那枚吉他拨片，言语温柔："路遥远，我们一起走。"

我当时以为他是借这句歌词应景，未承想，这景也是他的心。他原是想和我一起风雨兼程，我却未能读懂。

一开始，我就把自己定位成了那个接受者，所以后来对他予取予求，贪得无厌却毫不自知。我的寒假作业，是他在开学前两天帮我赶的。他成绩比我好很多，但是他为了迁就我，跟我来到同一个城市。他每周六坐两个小时的公交到我们学校，然后陪着我在网吧打游戏，替我点好外卖，周日又独自回去。他每逢下雨天都打来电话让我多穿点衣服不要贪凉感冒了……

一直以来，都是许洺泽在付出。而我呢，他感冒发烧躺在宿舍没人管的时候，我在和室友逛街买衣服；他打篮球摔伤了腿，我在网吧和人打联赛；他最爱的奶奶过世回家守灵一周，我毫不知情，因为那时候我和朋友去了厦门旅行，他没心思和我谈情说爱，而我竟也没对他的消失感到任何不适。

"君艺，我曾经想，你大概只是缺心眼，可后来我发现你是没心。沙漠里的骆驼行久了也会累的，你却连口水都不肯施舍给我，我真的走不动了。"

面对许洺泽的责难，我无言以对。我可能真的没有心吧，因为直到那天，我才知道程林林这个人的存在。

老实说，大概除了钱，许洺泽一点也不比齐远逊色。在新生舞会上，程林林对许洺泽一见钟情。之后很长时间里，她以朋友的身份在他身边嘘寒问暖，做了原本我这个女朋友该做的一切事情。他感冒发烧，她就前去送药；他摔了腿，她就陪他去医院换药；他奶奶过世，她亲自开车连夜送他回老家。

程林林呈现的世界那么晴空万里，所以许洺泽会丢掉为我遮风挡雨的伞一点也不奇怪。

这么久以来我不敢面对这件事，是因为除了难过，更多的，是惭愧。我无法面对那样不堪的我，所以选择蒙住自己的眼，以为全世界都会陪着自己一起瞎。

06

"可是他这次真的走了，我好难过。"我在齐远面前痛哭流涕。

齐远温柔地拍着我的肩，说："想听听我的故事吗？"

"嗯？"我颤抖着肩，用不解的目光看他。

他无奈地笑了笑,随即娓娓道来。

大一新生舞会上,舞伴是可以随意换的,那天和程林林跳舞的男生不止许洺泽一个,还有齐远。只不过程林林把目光全给了许洺泽,留给齐远的,不过是一个飘然远去的美丽背影。

其实齐远到现在都不是很明白,为什么程林林偏偏看上的是许洺泽。他明明一点也不比那个人差啊。但爱情就是这样,动心的一瞬间,所有外在因素都会自动虚化,你的焦点只够定在那一个人身上,然后瞳孔按下快门,那个人就在你心中成像定格。

程林林义无反顾地爱上许洺泽,而齐远,义无反顾地爱上程林林。

程林林以为,只要自己坚持,许洺泽总有一天会看到她。齐远也以为,只要自己坚持,程林林总有一天会看到他。不明白为什么总是有那么多人教别人如何去爱,其实每个人只会忠实自己的那一套法则。但当同套法则放在一个故事里,就注定有人要背负起伤心的使命。

齐远自始至终都没有和程林林在一起过,更别说骗他的东西。她唯一骗走的,就是他的心。他打着程林林前男友的名义来找我,不过是想让我将许洺泽从程林林身边夺走,以此增加程林林看到他的机率。

只是他高估了许洺泽对我的感情,其实我们的爱情没有想象中那样坚定。

我问齐远:"那一次程林林扇许洺泽耳光的事,其实是你胡编的吧?"程林林怎么可能打许洺泽?她喜欢他都来不及呢。

齐远说:"是啊,很早就想揍那小子,可是又没什么正当理由,只好借此满足一下自己的想象。"他说完兀自笑了起来。

我转过头看他,黑暗中,他的眸子熠熠生辉,那是流星划过的光景,他任由它们在心中坠落,未曾为自己许一个美好愿景。

07

不久之后我急性胃炎发作进了医院。

许洺泽来看我。

他提着一个果篮,阳光从窗子外面照进来,他被笼罩在一片暖光里,好像初识时那样简单干净。

"给我剥个橘子吧,口干舌燥的。"我躺在床上,像往常一样对他颐指气使。

他点点头,二话不说从果篮里挑了个最大的橘子。

"你一个人来的?"我问。

"嗯。"他上前递给我剥好的橘子。

"骗人,我刚刚在窗边明明看见程林林了。"我放了一瓣入口,真酸,让人好想掉眼泪。

和许洺泽实在是太熟了,所以什么都能聊。却也因为以后都不能这样熟了,所以任何话题都浅尝辄止。就这么不痛不痒地说了会儿话,没过多久他便要走,我估计他可能是怕程林林在下面等太久。

"许洺泽,如果现在给你水,我还有机会吗?"

他迈出的步子收回来,严肃地看着我,确认我并非是在开玩笑后,他却用开玩笑的口吻回答:"太晚了,我已经在别处找到了绿洲。"

我笑:"哈哈,是吗?绿洲是比荒漠要好,有山有水,有花有草。"

他推开门要走,我又叫住他:"上次你让我还的吉他拨片,并不是程林林要,而是你想拿回去吧?"

他一愣,随即坦承道:"是。"

我早就猜到程林林绝不可能对情敌干出这么有失风度的事。

我从脖子上取下那枚用红绳穿挂的拨片,上次扔了没过一会儿我又去捡了回来。我知道自己很没骨气，但它承载着年少时的许洺泽的全部深情。我负了他的情，不打算再负他的物。

我将东西递给他："拿回去吧，再也不要送给错的人。"

08

我和齐远的失恋阵线联盟彻底瓦解了。

齐远自那晚后再没找过我，我也没主动联系过他。这场闹剧就像一张分离过往与现实的白纸，我们捅破它从过往走出，然后将它扔进垃圾桶，彼此心照不宣地骄傲前行。

几年后我去北京出差，在机场偶遇齐远。彼时他身边已经站着一位亭亭玉立的姑娘。我笑他春风得意，他夸我单身好命。

离别的时候，他送我去登机口。

我瞧了瞧身后他那胸前风光无限好的女朋友，用手肘碰他："你小子，艳福不浅啊。"

他得意扬扬，说："我呢，现在才算想明白一件事。有些爱情，是用来伤心的；有些人，是用来离开的。错的人一定会走，对的人总会来。你说是吧，谭君艺？"

"是是是，错过了让你伤心的人，你总会遇到让你伤肾的人。我祝你和大胸妹百年好合，再祝你早日精尽人亡。"

我拿着机票朝他挥手，然后笑着转身登机。

我们都曾做过爱情里面的瞎子、聋子、傻子，我们都曾在面对爱情时不知所措，我们会求而不得，我们会得而失之，可那就是爱情啊。

大风会停，流沙会止，山谷的百合会与春天走散。你要相信，终有一天，田里的麦子黄了，有人会站在秋风里微笑，而你刚好回头望。

岁 月 它 不 会 辜 负 你

我在这座城市里,想要一张温暖的床

文/王小毛

在慢慢将自己变得更好的过程中,你身边的景致会越来越美,你身边的面孔会越来越友善,你安身立命的地方会越来越有归属感,你身下的那张床会越来越稳固、越来越温暖。

01

我来沈阳已有 8 年，习惯了这里的一切，但回头想想，最初几年我其实没有多爱这座城市，因为我过得一点都不快乐。当初没有离开，只是因为它能在距离我父母最近的地方为像我这样没有人脉和背景的人，提供更多的机会和相对公平的环境。我就是来谋生的。

过去我经常和别人说，我不喜欢这里，但也离不开这里。我在这里感受到的不快乐比快乐要多。但细究起来，其中有别人的因素，他们给我带来了很多痛苦；也有我自己的因素，在遇上这些不可爱的人的时候，恰是我最虚弱、最畏缩的时候。

初来沈阳那几个月，为了省钱，我租住在一个小商圈附近的女生宿舍里。房主在每间屋子里放置了几个上下铺，每个铺位每月 150 块。我有三个室友，一个是附近商场的售货员，说话声音很大，爱爆粗口，嗜烟如命；一个是和我一样刚毕业的大学生，喜欢唱歌，脾气很差，性格霸道；还有一个是在培训机构上班的白领，比我们年长几岁，喜欢显摆，说话刻薄。而那时的我，在她们的眼里，应该就是个矫情的人，就因为我受不了那个售货员吸烟。

我身体一直不好，有很严重的鼻炎和咽炎，只要一闻到烟味，就会有强烈的反应。即便我对烟草不敏感，我也觉得，吸烟可以，但不能影响他人，这是一种道德。

一天晚上，我回来得有些晚，一进门差点被一股浓烟顶出来。那位售货员一边痴痴吸烟，一边痴痴喝酒，她的眼泪湿了眼线，在脸上淌出两道黑线。她转头看着我，捕捉到我脸上的一丝厌烦，遂从鼻子里轻蔑地喷出一个"哼"，说道："我知道你讨厌我抽烟，不过你得忍着，因为这是公共场所，不是你家！"

我回呛她："你还知道这是公共场合？你知不知道让别人被动地吸二手烟特别缺德！"

她灌了自己一口酒，狠狠吸了一口烟，然后向我吐出一个烟圈，说道："别跟我文绉绉地转词！愿意住就忍着，不愿意就滚蛋！"

当天夜里，我收拾了行李搬到隔壁屋，没想到，噩梦才刚刚开始。那间宿舍里住着一位大姐，是这里的老住户，性格非常彪悍，人也非常自私，可以用肆无忌惮来形容。她会把自己在雨天淋湿的鞋挂在下铺的床头晾着；会把自己所有的脏衣服都放在下铺的被褥上堆着；她喜欢在床上吃东西，然后随手把垃圾扔到地上从不打扫；她每天早上起床、晚上睡前都要抖床单，即便下铺正在吃东西，她也视而不见。

没错，我就是那个倒霉的下铺。搬到这个新床铺以后，我经常目瞪口呆地看着她秀做人的下限。她没羞没臊地侵犯着我和其他室友的空间，但不许别人说个"不"字，她和那个用二手烟折磨别人的售货员一样，也是每天都把"这不是你家，别那么矫情"挂在嘴边上。

那段时间，我不停地自问"做人怎么可以这样"，但我找不到答案。这才明白一件事：道理只是一部分人的道理，痛快是所有人的痛快。这世上就是有那么一些人，他们不讲道理，只要自己痛快。

有天晚上很热，我睡不着，起身去了楼下的肯德基，点了一杯饮料一直坐到半夜。当时客人很少，空调吹得很凉快，服务员正在擦地。那个一直缩在角落里的流浪汉，已经趴在桌上睡着了。

那一刻，我有点想哭。

在这座大大的城市里，我想要一张安稳的床，即便那张床比肯德基的椅子还硬、还窄，都无所谓。我只是希望，在我很累、很需要归属的时候，不会有不礼貌的人来打扰，也不会有不可爱的人一直在蛮横地暗示你：这不是你的城市，你必须麻木地接受自己命贱如蝼蚁的现实，你所有的梦想都太奢侈。

02

我在那间女生宿舍隐忍了小半年，省吃俭用攒了几千块钱，算算够付租金了，便毫不犹豫地去公司附近的一个老式小区里租了个插间。房东是位退休的老太太，儿女都已成家，多余的两间房被闲置，她为了增加点收入，便招了两名合租客。

我租的那间屋子没有任何装修，但完全是属于我自己的空间，对于我来说，已经够好了。每天下班，我都把自己关进小屋里，享受一个人的平静与安宁。但渐渐地，我的小屋不再属于我了。

房东老太太家里有很多老家具，有亲戚换家具的时候，她还接手了亲戚家淘汰的二手家具，她自己房间摆不下，便在某个晚上敲开了我的房门，悉数搬进了我的屋里。

起初是一张床，后来添了一个沙发，再后来是一张桌子和几把椅子，还有几个老式柜子。以至于到后来，我连活动的空间都没有了。

房东说："这些东西，我免费给你用。"

我被挤在这些散发着陈腐气息的旧家具中间，连说句"我不需要"的勇气都没有，在她面无表情的注视下，我竟然说了句"谢谢"。

我想起那些住单身宿舍的日子，旧家具再占空间它们也是友好的，总比那些舍友要强;我知道我很难用同样的租金去租到一间同样的屋子,况且我已经预交了半年的钱;我知道如果因为这一点小事要搬走,我收不回那些钱;我知道即便我舍得那些钱,我能租到同样的房子,我也不想再经历搬家的动荡。一个人推着两个行李箱、拎着锅碗瓢盆在川流不息的大街上游荡,那种感觉真的太绝望了。

因为我知道,所以我选择忍耐,忍着她一次又一次把各种年代久远的破烂搬进我的屋子里。后来,她把我屋子里的两张小床悉数撤走,因为她要往我的屋子里安置一张更大的床。那张床大到足够占据我半间屋子的面积,她只跟我说"给你换一张更大更好的床""这床特别舒服,睡觉特别享受,你占了大便宜",却没告诉我,这是一张死人睡过的床。她弟弟去世了,侄子收拾家当卖老屋,她见这床做工好,不舍得扔,便雇人搬了回来,自己屋没地方,就搬到了我的屋里。

数不清有多少个夜晚,我被噩梦惊醒。那时候我每月赚很少的工资,还要拿出四分之一还助学贷款,除去吃穿用,很难有剩余。每次半夜惊醒,我都会打开手机查看银行发来的账户信息,然后不停地告诉自己:

"死去的人,才是最友好的。摸摸钱包就知道,以后你还要面对更艰难的生活,不如就从当下开始,尝试着接受和享受,不必承受,学会置身其中时无畏无惧,这大概是你必须要掌握的克制技能。"

有一天,房东在门口堵住刚下班的我,她告诉我:"我明天要收拾一下房子,你要是信得过我,就把你的东西搬进我屋里暂存;如果信不过,就先搬走,这几天你先自己找个地方住。等收拾完了,房子会更明亮,我也不涨房租,你真是占了大便宜了!"

在我还没有想好这几天要去哪里落脚的时候,老太太已经开始催着我收拾东西了。

无奈,我只能把自己所有的东西搬到她的房间,然后带着这几天要用的东西离开。我在大街上走了很久，走累了，就去肯德基。但那时正值晚餐高峰期，肯德基的客人很多，有很多人端着餐盘找位置，我不好意思占太久。

毕竟，我从未看见哪个流浪汉在用餐高峰时间缩在肯德基里，我想，这是一个流浪人该有的操守，我也不该例外。

我拎着两个包，在外面转了一圈又一圈。那时，我的好朋友小薇住在这座城市里，她平日对我很照顾，但我不好意思总去打扰她。还好，在我纠结的时候，她刚巧给我打来电话。

我说："小薇，我晚上没地方去了，房东要收拾屋子，重新刷涂料。"

我不知道该怎样形容当时的窝心，原本我觉得自己无所谓，可是当我听到她的声音，仿若亲人的声音，忽然就崩溃了。

最终，还是小薇收留了我。她已婚，有自己的房子，宽敞明亮，温馨舒适。我住在她家的小卧室里，枕着软软的枕头，盖着带有阳光味道的被子，一晚上心绪难平，毫无睡意。

半夜时，我实在睡不着，干脆坐起来看夜景。小薇家住29楼，视野很好。我还是第一次发现，这座老工业基地，原来这么美。白天我穿街走巷，感觉到处都是破旧的老式楼和密密麻麻的铺子，或者是冷血的钢骨森林和我不敢进的高档商场。每一个人都行色匆匆，脸上挂着冷漠的表情和不可叨扰的威严，好像每个人的心里都尘封着不可说的故事。我以为这座城市是没有颜色的，可是到了晚上原来它这么美好，这么温柔，这么闪耀。

灯火阑珊，究竟哪一盏才是属于我的温暖？

我一直都那么想要一张温暖、稳固的床，但现在，我能不能多一个小小的愿望，我可否拥有一盏属于我的灯火？

03

那张"有故事"的床，我睡了三年。在这期间，发生了很多事。我爱上了一个人，也被他狠狠地伤害；我一个月四百、一个月四百地还清了所有的助学贷款，彻底告别负债岁月；我家被盗，小偷偷光了我妈妈给弟弟准备的大一学费，为了多赚点钱贴补家里，我下班后跑去烤肉店做兼职，因为低血糖从楼梯上滚下来摔伤了腰；我升职加薪，耗尽隐忍，终于收获同事和领导对我的认可；我开始尝试写字，没有电脑，晚上用手写，第二天午休时在公司敲出来，写出几十万字的废稿，肩周劳损至今没能完全康复；我渐渐发表了很多文章，抓住了纸媒兴盛的小尾巴；我存下了人生中的第一个一万块钱，后来又存了更多；我给自己买了第一个笔记本，更方便我写字，也有余力帮助弟弟求学；我每周末去学习平面设计，虽然并无所成，但终究还是坚持下来，学会更多的技能；我走出感情阴影，遇上了小崔，开始一场异地恋；我换了一份新工作，人生翻开新篇章。

后来，小崔从北京的公司辞职，来到沈阳找了新工作，我也告别了那张"有故事"的床，我们一起在这个城市的另一个角落租了一间房。是的，完整的一间房，拥有完整的使用权。我有自己的厨房、自己的卫生间、自己的卧室、自己的客厅。房子是租的，但我有归属感。

彼时，我们的感情得到所有人的祝福，工作非常顺利，生活越来越好。我管那间不足四十平方米的小屋子叫家，我会跟别人说"我现在在家里"。

那时候，我觉得那就是我的家，我也觉得自己已经融入这座城市。直到有一天，楼下的住户气势汹汹地砸开我家的屋门。

那是个周末，我和小崔刚从超市采购回来，就听到有人一边砸门一边大声咒骂。我打开门，只见一个又高又壮的老男人闯进来，一脸怒气，我问他有什么事，他直接推开我，二话不说就闯进卧室，一把掀开我们的床翻看。

小崔问他："你是谁？你想干什么？再不出去我报警了！"

那男人和我爸爸年纪差不多，一脸凶相，一身酒气，他指着小崔说："我是你楼下的，今天你们把一块破草垫子扔到我家一楼的小花园雨棚上！我要找找还有没有这样的草垫子！"

我租住的房子在二楼，所有能打开的窗户都安装了防护栏和纱窗，根本没有可能扔出东西。既然是误会，我解释给他听。但他根本听不进去，仍然到处翻找。直到见我真的拿出手机要报警，他才出去。

我问他："你凭什么直接闯进我的家里到处乱翻？楼上那么多住户，你凭什么一口咬定就是我们扔的！"

他接下来说的话，我一辈子都不会忘记。

他冷笑着斜睨着我，不屑地说："你的家？一看你们的样子就是租房的！我来找你，是因为只有你们这些外地人才这么没素质！"

一个不论缘由、不打招呼随意闯进别人家里到处乱翻的人，现在却说别人没素质，而他得出这一结论的依据就是"你们是外地人，房子是租的"。

那个男人走后，我趴在小崔的怀里哭了很久。我并没有觉得自己是个外地人而多么可怜，也没有因为只能租房住而感到委屈，我只是有些失落，为什么想在一个陌生的城市里拥有一张安稳的床，是那么的难。

事后，我们给房东打了电话沟通这件事，房东和楼下那男人是同事，他让我们别跟那个人一般见识，说那男人脾气不好，在单位人缘很差，也没什么钱，嗜酒如命，打跑了老婆，是个彻头彻尾的 Loser。

很久以后，我才明白一件事，在任何一座城市，只有 Loser 才会因土著身份加持，而一刀切地看不起所有外地人。他们不肯正视也不敢面对自己的问题，却又无法忽视生活的不如意，于是他们便把这种不如意的致因推到外来人身上，他们觉得自己落伍、自己失败全赖外来人口的剥夺与抢占，他们认为参与优胜劣汰的过程是一种谋害。

事实上，只有弱者，才会这样想。

04

受了那位土著的刺激，小崔决定赶紧买房，那时候我们没有足够的钱，但小崔说："即便是借钱，我们也要买自己的房！"

在这期间，小崔的爸爸病重，我们为了完成老人的心愿，迅速结婚。婚后，我们把所有的休息时间都用在看房上，最终买下了一处二手房，小小的、精致的、温暖的。

原房主搬走后，我们开始着手买家具家电。在做预算的时候，我在床这一项上留出很大的份额。

小崔问："真的要买这么贵的床？"

我说："一定要！什么都可以将就，只有床不能！"

他想想，说："倒也是，一天二十四小时，差不多有三分之一的时间都在床上度过，这么一算，确实应该买好的。"

我笑了，表示赞同。我并没有告诉他，床，对我而言有多大的意义，这真的是一个太漫长的故事。

如今，我住在属于自己的房子里，每天晚上都睡着稳固的、舒适的床，没有人在我吃饭的时候抖床单，也没有人把所有的破烂堆在我的房间，更没有不礼貌的邻居闯入，这是完完全全属于我的、他人不可侵犯的世界。

因为颠沛流离过，我无比珍惜稳定的生活，一有时间就会宅在家里，小崔常说要出去走走，但我舍不得。是的，我舍不得这张得来不易的床。

平日里，我喜欢坐在窗边发呆，白天看外面行色匆匆的人，晚上看温暖闪耀的灯火。那种安心，就像是寄居于冻土下的一颗小种子，忐忑着、紧张着、惶恐着，终于挨过漫长的冬季，在冰雪消融的时候，小心翼翼地苏醒，瞻前顾后地伸展，屏住呼吸，冲破土层，继而眼前一亮。

哦,还好,还好,时间没有骗我,只要熬过冬天,春天终归是会来的。虽然回望来时路,每一步都走得好辛苦。

现在,我的身边有很多年轻人,一如曾经的我,每天怀着敬畏的心情面对这里的人和事,吃了亏,只能默默忍受;受了苦,躲起来打掉牙和血吞。我知道,他们并不懦弱,他们活得畏畏缩缩,只是因为他们知道,这是别人的城池,他们还不属于这里,但他们会拿出最大的诚意来融入。

我好想告诉他们,"别担心,别害怕,该来的总会来,这个世界绝对不会辜负努力的人,请你们相信没有被辜负的人说的话"。

我好想告诉他们,"别哭,别绝望,你付出的过程就是你远离所有不快乐的过程,每一座城市里都有荒芜的废墟,也都有繁茂的花园"。

我好想告诉他们,"在慢慢将自己变得更好的过程中,你身边的景致会越来越美,你身边的面孔会越来越友善,你安身立命的地方会越来越有归属感,你身下的那张床会越来越稳固、越来越温暖"。

岁 月 它 不 会 辜 负 你

友情大过天

文/小怪兽

在一起的时候是亲人,分手后是陌生人,这是恋人;在一起、不在一起都像亲人一样,这就是朋友。恋爱可以谈无数次,可像亲人一样待你的朋友一辈子没几个。

友情大过天,活了小半辈子,终于明白。

杜果和蜜桃三岁的时候就认识了。

那时在幼儿园，蜜桃被两三个顽皮的小男孩逼到墙角里，哭得稀里哗啦的。杜果也不知道哪里来的勇气，跑过去挡在蜜桃面前，手里拿着玩沙的小铲子，一脸的怒气。

男孩们也许是怕杜果手里的小铲子真敲在自己身上，也许是看着一脸生气的杜果害怕了，反正就是散了。

蜜桃还是哭，眼泪鼻涕口水揉成了一片。杜果看着她哭不知道怎么劝，突然想起兜里妈妈放的糖果，伸手掏出大白兔奶糖，摊到蜜桃面前。蜜桃看到自己最喜欢吃的奶糖，才慢慢不哭了。

杜果妈妈怕孩子长蛀牙，不给杜果吃糖，小杜果帮妈妈做事，挣了两颗大白兔奶糖，杜果全给了蜜桃，蜜桃吃着奶糖终于笑了。

那次以后，剪着小男生发型、穿得像小男生的杜果，和扎着两个小辫子、穿着粉色公主裙的蜜桃，成了好朋友。

杜果和蜜桃当然不会记得这些，是幼儿园老师跟蜜桃妈说了，蜜桃妈又转述给她们的。

那时候一个厂的孩子都在厂里的幼儿园、小学、初中读书，她们一路从幼儿园同班到了初中。

中学升高中，蜜桃妈为了蜜桃有个好前途，没有等分配，就自费给蜜桃找了好学校。

杌果学习成绩没蜜桃好，杌果妈也没什么大期望，让杌果顺其自然。

两所高中，隔了半座城，幸好还住在同一个院里，放学后的时间，都是属于她俩的。

杌果一直比蜜桃早熟，在蜜桃还在专心攻克那道难解的数学题时，杌果已经谈恋爱了。

杌果的初恋是同年级的学霸，成绩好，长得帅，个子高，在校篮球队，女粉丝无数，光芒耀眼得整个学校没人不认识他。

那时候的杌果已经不再是小男生的模样，留了齐耳短发，从假小子长成了大姑娘，不变的是性格，还是那么爽快。

学校清一色的齐耳短发外加松垮垮校服的女生，看起来基本无差，可不知怎的，就杌果被学校有名的浑小子盯上了。也因为被浑小子追，她在学校出了名，大家都抢着去看这个被浑小子大张旗鼓追的女孩子到底长啥样。

不明原委的老师把杌果请进了办公室，又告诉家长，说这么关键的高考备考期，怎么能早恋！杌果被带回去关了三天禁闭。

杌果也因祸得福。学霸觉得这姑娘真有个性，欣赏之余就跟她好了。她有点受宠若惊，也差点被女同学们嫉妒的小眼神给杀死。

高二的时候，蜜桃一家搬出了厂里的宿舍区，蜜桃妈说为了让她好好备考，两个人再不能放学后一起写作业，全靠打电话和周末时候才能说说话。

高考完后，两个人躲在一起算成绩，算出来蜜桃要比杌果高一大截。

杌果往床上一躺，无奈地说："惨了，差这么多，不能跟你考一个学校了。"

蜜桃也躺过去，眨巴着眼睛说："不能在一个学校，但起码能在一个城市呀,大学课又不多,见面还是好方便的。"

一语惊醒梦中人,杧果一想,对呀,伸出手来跟蜜桃拉钩。

学霸作为杧果学校里成绩最好的学生,跟蜜桃填了同一所学校,在郊区,杧果报的学校在市内,隔了20多公里。比起不同城市,这已经是很近的距离,杧果没事就往郊区跑,因为那里有两个她最爱的人。

一上大学,学霸的渣男气质一下就显现出来了,跟所有男人一样,先是变冷淡,然后消息不回、电话不接,后来有事没事玩起了失踪,杧果再爽快再心大,也觉得不对劲。

蜜桃主动当起了无间道,她才不允许学霸背着杧果在外面做苟且之事。

高中时候都腼腆,虽然有人中意,可敢像他和杧果那样真谈起恋爱的人不多。一上大学,学霸惊讶地发现,完全不一样了啊,自己怎么那么受欢迎?主动投怀送抱的一批又一批,简直应接不暇啊。

仗着自己又高又帅又会打篮球,本着不主动不负责的原则,有点姿色的姑娘他都"被迫"勾搭了一番。关系最暧昧的是一个做模特的姑娘,个高、肤白、大长腿,是比杧果漂亮很多。

如果跟杧果分手再跟其他姑娘交往,就没杧果什么事了,可大概他觉得杧果这种姑娘傻傻的、死心塌地的,比较适合做备胎吧,他就是要拖着不说清楚。

好学生蜜桃当起了跟踪狂,全是为了杧果。

在第二次发现学霸跟模特去吃饭开房后,蜜桃通知了杧果。

杧果从床上跳起来,套上衣服,打了车就往蜜桃校外那条街赶。她去过好几次了,路一点也不陌生。

两个女生先汇合,打算大着胆子去捉奸,商量了好久捉到了要怎么办,杌果一拍桌子，不管了，先捉到他这个王八蛋再说！

那时候还不流行捉奸，学霸一点防备都没有，轻轻松松就敲门进了房间。

模特不知道该穿衣服还是该用被单遮身体，学霸也不知道该骂杌果还是该穿衣服，一时间尖叫声、责怪声、辱骂声连成了一片，好不热闹。闻声赶来的服务员见这景象，也手忙脚乱了，不知道是该笑还是该劝。

杌果开口第一句就是："你这龟孙子，都还没跟老娘上床，居然跟这小贱货滚床单！"

蜜桃吓得差点摔一跤，她一直以为杌果被骗财骗色，原来不是，她突然就乐了。

很多年后她们回忆起那个场景，还是笑得前扑后仰。杌果缓缓气，特后悔地说："学霸长得像李易峰，早知道就把他睡了！"

杌果又恋爱了，那个男生没有学霸帅，没有学霸高，也不会打篮球。杌果说，男人嘛，外表不重要，对自己好才是真的。

对杌果好的那个男生，最后跟杌果来了一次毕业说分手。

男生是北方人，以前恋爱的时候说要为了杌果在成都安家，毕业的时候却说自己是独生子，家里死活不同意在离家那么远的地方工作安家娶媳妇。

男生有点"妈宝男"，家里条件不错，手一直很散。实习期拿着工资，家里还是倒贴着他的花销。他闹脾气不回去不说，还断了联系，他妈妈一气之下就实行了"经济封锁"。

男生坚持了一个多月，坚持不下去，破天荒地跟杌果摊牌。过了一段没有家里支援的日子之后，从小娇生惯养的他深刻感受到了没有后盾的艰辛，坚持要回老家去，杌果要跟，两个人就继续；杌果不肯，那谁都不耽误谁了。

杜果冷笑了下，你有父母，我就没父母？我还独生女儿呢，各回各家各找各妈好了！

杜果就这性格，对什么都表现出很潇洒的样子，从来不哭，心里的伤痕只有熟悉她的人知道。

蜜桃也恋爱了，高一届的学长追蜜桃，蜜桃晚熟，羞羞答答地躲了学长两个星期。

学长也是用心，以蜜桃为女主角做了一个动画小故事，发给了蜜桃，蜜桃感动得稀里哗啦。学长又趁着七夕情人节，在女生宿舍楼下点上红色蜡烛表了白。蜜桃没见过这阵势，半推半就从了学长。

学长比蜜桃早一年毕业，进了一家私企，企业不大，但职位和待遇都不错，行业也是很有发展潜力的。杜果说蜜桃是捡着宝了。

一直到结婚前一个月，学长都说他这一生最爱的人就是蜜桃。

被分手的消息，蜜桃是最后一个知道的，所有人都知道学长要和老板女儿结婚了，只有蜜桃还傻傻地陶醉在"爱情"里。

之前蜜桃带学长跟杜果吃饭，互相留了联系方式，杜果大大咧咧地说："以后要给蜜桃买东西就问我，我最了解她！"学长唯唯诺诺地答应着。他们在一起两年，学长从没主动跟杜果联系过，杜果倒是有几次找不到蜜桃就打了学长的电话，蜜桃果然次次都是跟学长在一起。

学长约杜果吃饭，杜果大吃一惊，到了餐馆刚坐下，就兴奋地说："快说，是要给蜜桃买礼物吗？"

学长摇摇头。

杜果说："难道是求婚？"

学长还是摇摇头。

杜果说："那你找我难道是跟我告白？"

这次换学长一惊，他急忙说："不是不是。"

学长刚把事情告诉杌果,杌果起身就把杯里的水泼到了学长脸上。

这么多年之后,她再也不是那个捉奸渣男之后不知所措的杌果,再也不是那个可以被随便欺负抛弃的杌果了。

杌果大骂:"渣男!有多远滚多远,以后再也不要出现在蜜桃面前!老娘见你一次抽你一次!"

杌果走出餐馆,眼睛是湿的,她失恋了那么多次,都没有流一滴眼泪,可她现在心疼蜜桃。

她给蜜桃打电话,响了四声,蜜桃接起来,声音还是那么清脆活跃,想来她是一点都不知情的。

杌果说:"在哪里呢?"

蜜桃回:"给学长看了两件衬衣,正准备下手呢。"

杌果说:"你先别买,改天我给你参考参考。"

她心里已经骂了千万遍"负心男人,还买什么买"!

蜜桃:"好啊,我正犯选择恐惧症,拿不定主意。"

杌果说:"晚上一起吃饭。"

蜜桃:"你不加班吗?"

杌果说:"今天的时间都包给蜜桃小姐了,满汉全席伺候!"

杌果经常加班,蜜桃是正常的朝九晚六,常常约了饭,蜜桃都得先吃点东西垫肚子,等到杌果下班来找她,吃的已经不是晚饭,而是夜宵了。

她们去了经常去吃的那家小串串店,牛肉和小郡肝是特色,她们每次都会拿上两大把,烫了放到盘里,淋上独门酱汁,撒上香菜、芹菜和蒜泥,多远都能闻到香味。端上桌子,一小把一小把拿着赶下来,把调料和菜拌在一起,那味道好极了。

席间,杌果还是开不了口说学长的事,吃得心不在焉。

蜜桃说:"杌果,你好不容易准时吃个饭,多吃点。"说着把牛肉夹到她碗里。嘴里还在说："你那胃病都是工作害的！"

杌果说："谁叫姐没你那厉害的学校文凭当敲门砖，人家要我就不错啦。"

蜜桃说："学校算什么，进了社会还不是看各自本事，我才没有你那么拼命。"

杌果说："得，你再表扬我，我都不知道姓啥了。"

聊了很多，杌果还是很难开口，那是蜜桃的初恋，她曾经以为蜜桃会比她好运，会和初恋结婚，没想到还是遇人不淑。初恋有多美好，就能有多伤人，她比谁都清楚。

分手的时候，说了再见，杌果又叫住蜜桃。蜜桃看她一副欲言又止的样子，一点也不像平时干净利落爽快的她。

蜜桃说："你今天一直一副欲言又止的样子，有话就说吧。"

杌果不说话。

蜜桃说："让我猜猜。"

杌果紧张了一下，她怕她猜出来，又想她猜出来。

蜜桃笑嘻嘻地说："你想找我借钱？"

杌果差点晕倒，这个时候她是没心情开玩笑的。

杌果到底还是说了。

学长公司老板的千金，在公司做财务，每个月给学长他们发工资，他去签字，一来二去两个人就熟了，熟了再相处，就擦出了火花。

学长在外面装着单身，千金压根不知道学长有蜜桃这女朋友，学长背着蜜桃跟千金半同居了。前不久，千金查出来怀孕了，老板一家催着学长负责。老板说了，房、车，自家都有，学长对千金好就行了。

学长成功地少奋斗二十年，可他唯一得辜负的就是蜜桃，他不敢自己跟蜜桃说，就让杌果来当这黑脸。

事情的来龙去脉还没听完,蜜桃就已哭得不像样子了,就像杋果第一次见到她那样。蜜桃从小就是爱哭鬼。

蜜桃很想问杋果是不是胡编故事骗她的,但她知道杋果不会骗她。这段时间,她也有感觉,学长背着她接的电话、她一过去他就按灭灯的手机,她不用问真假,就知道杋果说的事千真万确。

杋果抱着蜜桃,眼睛也是湿湿的。杋果不爱哭,挨打挨骂不哭,就连失恋都不哭,只有每次蜜桃哭,她的心就会啪嗒啪嗒跟着碎。

学长的婚礼就在第二个月,蜜桃当然不在受邀之列,但有学校的人去了,说新娘长得不好看,肚子已经挺大了,像快生了,可见学长和千金的事也不是一两个月了。他掩饰得多好啊,生米煮成了熟饭,才通知她。

杋果和蜜桃一直以为千金并不知道她的存在,直到一年后的一天在商场遇到了学长和千金。学长手里抱着宝宝,千金在给宝宝擦口水,宝宝随了妈妈,也不好看。学长看到她们有点怔住,千金倒很淡定,她们在千金的眼里一点惊愕都没发现,这才明白,千金一直就是知道蜜桃存在的,可她在这个男人面前装得很好,像一朵白莲花,俨然一副受骗者姿态。小三上位,总是需要点隐忍和手段。

蜜桃没有再交男朋友,年轻姑娘,身边追的人也有二三,可她久久都没从学长的阴影里走出来。

杋果有时候会特意带她认识新的男人,她对蜜桃说:"忘掉一个人最好的办法就是开始另一段感情。这世界上比学长帅、比学长优秀、比学长有钱的人一抓一大把,姐给你搞定!"

蜜桃红着脸说不要,她在感情上,总是保守和传统的。

杋果认识了一些男人,动了一些情,又放下,爱了几个,被甩或甩掉别人。她的桃花运从学霸开始就一直旺盛,用她自己的话来说,烂桃花太多，正桃花都不来。

蜜桃家给蜜桃买了房子，装修了，搬了进去。

杜果往蜜桃家扔了一个懒人沙发，没事就拎上一包水果，洗干净了用玻璃碗装上，边吃边窝在懒人沙发上跟蜜桃八卦这八卦那。蜜桃没恋过几个男人，可见识过男人百态，都是杜果告诉她的。

杜果和蜜桃去香港旅游，蜜桃本来不想去，硬是被杜果拽上，两个人各带了一个二十八寸的箱子，做好去大血拼的准备。

她们在飞机上认识了两个年纪差不多的男人，一个有女朋友，一个单身。四个人结伴在香港玩了五天。

一路上杜果把单身男的工作、经济、家庭情况全打探清楚了，回到成都，就变着花样各种约。她不是给自己约，是要撮合他和蜜桃。一来二去还真把蜜桃和单身男撮合好了，看两个人发展那么顺利，杜果就美滋滋地等着吃喜糖了。

蜜桃和单身男谈了一年多的恋爱，单身男家里催着结婚，他们是一万个满意知书达理的蜜桃的，婚房早已备好，单身男父母主动拿了十万块钱出来筹备婚礼。

事情看起来无比顺利，连蜜桃都觉得自己是转了时运，快修成正果了。

可单身男又出了幺蛾子，他在杜果家的楼下把杜果给拦了。

杜果是见过世面的，一见单身男重心不稳就知道他喝了酒。

杜果说："怎么？吵架啦？她小孩脾气，你让着她一点呗。"

单身男看着杜果不说话。

杜果说："你别这样盯着我呀，怪吓人的！"

两个人僵持了两三分钟，单身男突然扯着杜果就不松手了，吵着闹着说自己最爱的是杜果，要跟杜果结婚。这是唱哪出？杜果被这出戏吓傻了。

杜果说："你在说什么鬼话？你喝多了吧？喝多就滚回家睡觉，来我这里闹什么闹！"

单身男完全不听杌果的话，拉着她，嘴里一个劲嘟囔，喝的是真不少。

杌果扬起手就给了单身男一巴掌，大吼："你给我滚！"

那一巴掌杌果用尽了全身力气，她是容不得他这样喝多了酒就胡乱给人表白的。不是因为是他，是因为他是蜜桃的未婚夫，她不允许。

杌果是逃回家的，她不知道自己为什么这么狼狈，也许是怕他说的都是真的。她想起他那些炙热的眼神、他对她偶尔帮助和体贴，她曾经以为都是友情，可他现在说爱她。

一夜未眠。

第二天单身男打来了电话道歉，道完歉欲言又止，他说："杌果，我……"

杌果说："好了，就这样。"

她"啪"地挂掉了电话，不给他说话的机会。

单身男是铁了心要说清楚，电话不听，就发了短信。

单身男说，他一开始喜欢的就是性格开朗的杌果，不是内向的蜜桃。杌果一直撮合他和蜜桃，他觉得自己可能没戏，才跟蜜桃好了，这样可以多见见杌果。可确定要跟蜜桃结婚的时候，他一点也开心不起来，他心里的人还是杌果，如果杌果愿意，他马上跟蜜桃分手，跟杌果结婚。

杌果气死了，骂了一句"渣男"，就把手机扔在了沙发上。

心平气和下来，不可否认，单身男的条件的确算优秀，32岁，长相斯文，性格好，外企中层管理，有房有车有闲钱，扔出去外面还是会有一堆女孩抢着要的。

杌果家没蜜桃家有钱，杌果妈是期盼女儿能找个有经济实力的男朋友的，单身男是不错的选择。可就冲着他跟蜜桃这层关系，杌果也是不能选他的。

单身男和蜜桃还是分手了,还特诚实地坦白了,蜜桃一听就哭了:"什么?你喜欢的是杌果?你怎么不说啊?干吗和我在一起?"

　　单身男一个劲儿地道歉。

　　被甩掉的蜜桃开始躲避杌果,不接电话,不回信息,杌果着急得要命,想解释都没有机会。

　　杌果沉寂了三天,坐不住了,杀去了蜜桃家,在家门口堵着了蜜桃。

　　杌果怎么解释,蜜桃都不听,她狠狠地说:"认识你,我倒了八辈子的霉!"

　　"啪"地关上了房门,把杌果关在了外面,也隔掉了她们这么多年的情谊。

　　很多闺蜜多年的友谊,都败在了一个男人身上。她们也是。

　　单身男继续纠缠着杌果,杌果继续拒绝着,对于她来说,蜜桃比单身男重要一千倍一万倍,她现在是恨死他了。

　　单身男做了一件还算有良心的事,他去找了蜜桃,把杌果拒绝他、骂他的信息给蜜桃看了。

　　蜜桃其实心里清楚,单身男喜欢杌果不是杌果的错,她只是不知道该怎么去面对杌果。

　　杌果再找蜜桃,蜜桃半推半就,两个人的关系有所缓和。很多时候是杌果刻意地去维系着,但蜜桃心里总有个结,她们回不到以前的亲密无间了。

　　杌果有了新男朋友,男朋友是杌果朋友的朋友,总是跟他们一起玩,玩了七八次后,他对杌果说:"你要不要做我女朋友?"

　　杌果看着他有些惊讶。他接着说:"要是你不干,我再想想办法。"

　　杌果被这句话逗乐了,说:"好呀。"换男朋友惊呆了,他说:"你答应了?"

她点点头。

他一高兴,就在她额头上亲了一下。

这年头,哪有人还亲额头的啊?杬果被这纯情的举动感动了。

朋友说:"杬果,你不知道,这家伙每次都是冲你来的,还不让我们说,憋死我们几个爷们儿了!"

杬果说:"敢情你们都知道,就我一人被当猴耍啊?"

一群人都笑了,看来真的只有反应迟钝的她没看出来。

结束的时候,朋友拍拍杬果的肩膀,语重心长地说:"小周不错,跟你以前遇到的男人不一样,好好把握。"

小周,最后变成了杬果的老公。

杬果怀孕9个多月的时候,蜜桃一个人出差开会,在外地丢了钱包,身无分文。

杬果一听,就要开夜车去给蜜桃送钱。都劝她不要去,小周自告奋勇自己去都不行,她担心蜜桃。小周拧不过她,和她一起去,去离省城两个小时车程的城市。

见着蜜桃的时候,蜜桃一脸的泪痕,这个快三十的大姑娘,又哭了鼻子,杬果又好笑又难过。

杬果问:"明天还开会吗?"

蜜桃说:"开完了,明天回。"

杬果说:"没什么事那今晚就跟我们回吧。"

蜜桃退掉公司定的宾馆,乖乖跟着大肚子杬果回去了。

回程路上,宝宝就急着要出来了,三个人直奔医院。

杬果孩子太大,难产,医生进进出出,杬果的老公和妈妈在外面急得团团转。蜜桃强装镇定地安慰着柠果的妈妈,说着说着自己声音都在抖,她觉得屁股上都是刺。

柠果生了个男宝宝,孩子大人平安。被推出来的时候,所有人都冲了上去。柠果一个劲儿地找蜜桃,蜜桃把手递给她。

柠果咧着嘴艰难地笑,有气无力地说:"蜜桃,我们有小王子了,就等你生个小公主了。"

以前只能生一个,她们聊天的时候说一人生一个男宝,另一个人生女宝,这样她们就儿女双全了。随口说说,没想到柠果还记得。

蜜桃的眼睛一下就湿了,笑着说:"白痴啊,都要生了还跑那么远来找我。"

那一刻,蜜桃心里什么结都解开了。

从三岁一起走到三十岁,才恍然大悟,有一种友情比爱情更刻骨铭心,有一种朋友比情人更死心塌地。

在一起的时候是亲人,分手后是陌生人,这是恋人;在一起、不在一起都像亲人一样,这就是朋友。恋爱可以谈无数次,可像亲人一样待你的朋友一辈子没几个。友情大过天,活了小半辈子,终于明白。

图书在版编目（CIP）数据

岁月它不会辜负你 / 绿北, 大牙秦, 林梢等著. -- 哈尔滨：黑龙江美术出版社, 2016.10
ISBN 978-7-5318-9115-4

Ⅰ.①岁… Ⅱ.①绿…②大…③林… Ⅲ.①短篇小说—小说集—中国—当代 Ⅳ.①I247.7

中国版本图书馆CIP数据核字(2016)第213144号

书　　名 /	岁月它不会辜负你
	Suiyue Ta Buhui Gufu Ni
作　　者 /	绿 北 大牙秦 林 梢等
责任编辑 /	刘 薇
出版发行 /	黑龙江美术出版社
地　　址 /	哈尔滨市道里区安定街225号
邮政编码 /	150016
发行电话 /	（027）51231971
网　　址 /	www.hljmscbs.com
经　　销 /	全国新华书店
印　　刷 /	武汉立信邦和彩色印刷有限公司
开　　本 /	880毫米×1230毫米　1/32
印　　张 /	9
字　　数 /	240千
版　　次 /	2016年10月第1版
印　　次 /	2016年10月第1次印刷
书　　号 /	ISBN 978-7-5318-9115-4
定　　价 /	36.80元